Enigma em Barcelona

Este livro é dedicado aos queridos sobrinhos
Tatiana e Roberto (Tati e Beto),
meus guias pela Espanha.

© 2013 do texto por Rosana Rios
Callis Editora Ltda.
Todos os direitos reservados.
2ª edição, 2018

Texto adequado às regras do novo Acordo Ortográfico da Língua Portuguesa

Coordenação editorial: Miriam Gabbai
Revisão: Aline T.K.M. e Ricardo N. Barreiros
Ilustração de capa: Sam Hart
Projeto gráfico e diagramação: Thiago Nieri

CIP-BRASIL. CATALOGAÇÃO-NA-FONTE
SINDICATO NACIONAL DOS EDITORES DE LIVROS, RJ.

R453e

Rios, Rosana,
    Enigma em Barcelona / Rosana Rios. - [2. ed.] - São Paulo : Callis, 2018.
    176 p. ; 23 cm.

    ISBN 978-85-454-0080-6

    1. Ficção brasileira. I. Título.

18-47779   CDD: 869.3
                                                     CDU: 821.134.3(81)-3

Meri Gleice Rodrigues de Souza - Bibliotecária CRB-7/6439
15/02/2018   15/02/2018

ISBN 978-85-454-0080-6

Impresso no Brasil

2018
Callis Editora Ltda.
Rua Oscar Freire, 379, 6º andar • 01426-001 • São Paulo • SP
Tel.: (11) 3068-5600 • Fax: (11) 3088-3133
www.callis.com.br • vendas@callis.com.br

El Arte es una mentira que nos acerca a la verdad.

Pablo Picasso

Rosana Rios

Enigma em Barcelona

callis

Sumário

Capítulo I
Garota no espelho... 11

Capítulo II
Garota na janela.. 19

Capítulo III
Sons, imagens, gostos, aromas............................... 51

Capítulo IV
Ideias fixas... 65

Capítulo V
Espelhos.. 83

Capítulo VI
O real e o surreal.. 101

Capítulo VII
Verde e dourado... 117

Capítulo VIII
Outono.. 137

Capítulo IX
Um simples desenho a lápis................................... 155

Capítulo X
Garota na vitrine... 167

Quem sou eu?.. 175

Oye, hijo mío, el silencio.
Es un silencio ondulado,
un silencio,
donde resbalan valles y ecos
y que inclina las frentes
hacia el suelo.

Federico García Lorca, *El Silencio*

CAPÍTULO I

Garota no espelho

Um silêncio que parecia sobrenatural pairava no quarto.

A garota parou, por um instante, diante do espelho oval na parede. Olhou-se com estranheza.

Era ela mesmo, Ângela, que a olhava do outro lado? Não podia ser.

A jovem detestava espelhos. Cada vez que se via refletida em um deles, não conseguia se reconhecer... **não queria** se reconhecer.

Às vezes via uma garota um tanto gordinha, com os cabelos crespos, que eram sua herança afrobrasileira, recebida do pai, que morrera quando ela era pequena. Às vezes via uma adolescente tímida e apagada, que só queria ser invisível. Às vezes via a imagem da mãe, silenciosa e cansada; seu sorriso era relutante e os olhos negros meio puxados, mas sem as olheiras que dona Stela ganhara após duas décadas de trabalho na oficina de costura.

Agora ela se via como uma completa estranha: não mais uma garota, mas uma mulher, 19 anos e sonhos brilhando no fundo dos olhos, sua

Capítulo I

silhueta destacada pelo vestido preto elegante que a mãe fizera especialmente para a entrega do prêmio.

"Preciso perder uns quilos", pensou, sabendo perfeitamente que, quando a ansiedade atacasse, ela por sua vez atacaria a geladeira – e quaisquer quilos que perdesse em exercícios na quadra da faculdade estariam de volta em poucos dias. A tendência a engordar também a incomodava...

Suspirou para a Ângela desconhecida no espelho, interrompendo o silêncio. Teria coragem de levar aquilo adiante? Deixar a casa, a mãe, o país, passar um ano na Espanha?

Esse pensamento a fez encolher-se e, de repente, a mulher de preto sumiu para dar lugar à adolescente retraída que gostaria de ficar enfiada em casa pelo resto da vida. Invisível. Silenciosa. Sem ver ou ser vista. Sem correr riscos.

"Não posso desistir", disse a si mesma, com súbita determinação. "Tenho de ir!"

Conferiu os documentos na bolsa e saiu, tentando não deixar transparecer nos passos o medo do que o futuro traria. Estava uma hora adiantada para a entrega do prêmio, mas ainda precisava tirar cópias de alguns documentos. Sentia um calor no peito ao se aproximar da papelaria da esquina, onde esperava vê-lo.

Bruno sempre estava na loja àquela hora da tarde.

A Faculdade de Artes confere a Ângela Delmar o primeiro prêmio no Concurso Anual de Artes Visuais, pelo trabalho em pastel seco sobre papel Fabriano intitulado "Garota no espelho". O prêmio consiste em uma bolsa de um ano para estudos de Língua Espanhola e História da Arte na cidade de Barcelona, Espanha, concedida por essa instituição em convênio com o Consulado Geral do Brasil na Espanha e L'Escola d'Art i Història de Cata-

lunya. Favor comparecer à secretaria da Faculdade até o dia 20 do corrente para retirar a lista de documentos necessários à efetivação da bolsa.

A carta, lida, relida e passada de mão em mão, já estava amassada no fundo da bolsa preta que combinava com o vestido. Ângela ainda não acreditava completamente... mesmo que a essa altura já estivesse com o passaporte e o visto de estudante, classificado como "Não regrado", pois faria um curso não universitário; e a faculdade já depositara, em uma conta num banco espanhol, a quantia exigida para sua permanência naquele país.

A cada releitura da carta, vários sentimentos se misturavam dentro dela.

Orgulho pelo reconhecimento de seu talento para o desenho.

Medo de enfrentar não uma, mas várias viagens de avião.

A alegria que vira nos olhos da mãe, sua maior incentivadora no estudo de arte.

Insegurança ao pensar em ter de se comunicar numa língua estrangeira, mesmo que fosse o castelhano, língua de seu bisavô.

Excitação por saber que durante um ano moraria sozinha na Europa. E um pavor extremo, justamente por saber que durante um ano moraria sozinha na Europa...

Engoliu em seco ao ver seu reflexo, agora na vitrine externa da papelaria. Estava apavorada, sim, mas não podia deixar transparecer. Se Bruno estivesse lá, não queria que a julgasse insegura. Mesmo que ela exalasse insegurança por cada poro.

Com passo firme, entrou na loja e foi levar os documentos para o balcão onde faziam cópias.

Da salinha no fundo da loja, ele viu Ângela entrar. Tirou os olhos do computador e fechou a planilha em que trabalhava. Levantou-se depressa.

Capítulo I

Tinha ouvido os boatos e precisava saber se eram verdadeiros... Esperava que não fossem.

Hesitou um pouco antes de ir para o balcão. Ela estava tão diferente naquele dia! Em vez de usar a camiseta e a calça jeans de sempre, mostrava-se exuberante.

O vestido realçava seu corpo. Maquiagem, batom, bolsa social.

Bruno sentiu um aperto no peito. Conhecia aquela garota desde que começara a trabalhar, ainda adolescente, na papelaria de seu tio; ela morava perto e sempre vinha em busca de cadernos e lápis de cor. De início, ele não prestara atenção à menina humildemente vestida que namorava os materiais de arte diante da vitrine. Com o tempo, porém, os dois passaram a conversar sobre as marcas de tintas e pincéis; ela os comprava quando a mãe conseguia algum dinheiro extra. Todos no bairro sabiam que dona Stela criara a filha sozinha, enfrentando dificuldades, mas contornando-as trabalhando como costureira numa confecção na cidade.

Por um tempo não haviam passado da conversa básica. Nos últimos anos, entretanto, muita coisa mudara. Ele trabalhara duro para conseguir que o tio o promovesse a gerente da papelaria; fazia faculdade à noite e, somente agora, conseguia pagar as mensalidades com alguma folga. Quanto a ela, após o vestibular, recebera uma bolsa para o curso de Artes Visuais. E o que antes fora uma leve amizade, entre os dois, parecia estar se transformando em algo mais.

Nem sempre conversavam, muitas vezes ficavam em silêncio. Mas havia os olhares... Ângela sabia que Bruno a achava atraente. A forma com que ele sorria para ela, quando a via entrar, era um indício; em seu silêncio percebia paisagens, discursos, mundos. Sempre que voltava para casa, porém, olhava-se no espelho do quarto e desanimava.

"Imagina", pensava, "se ele vai gostar de mim, com tanta garota magrinha e de cabelos lisos que entra naquela loja! Elas se jogam em cima dele, por que iria se interessar por alguém como eu?".

E forçava-se a esquecer os olhares e sorrisos, lembrando que tinha de se concentrar nos estudos para não perder a bolsa da faculdade. Nada de desperdiçar energias desejando um rapaz acima de sua posição social.

Por sua vez, Bruno era bastante tímido. Seus amigos comentavam sobre as clientes da papelaria que lhe sorriam, que faziam questão de tocar suas mãos na hora das compras, e que – inúmeras vezes – lhe passavam seus números de telefone. Em alguns fins de semana, reunia-se à turma da faculdade, no shopping ou em algum barzinho, e várias colegas disputavam sua atenção e tentavam derrubar sua timidez.

Mas... os olhos escuros de Ângela o fascinavam. Nenhuma das garotas com quem ficara lhe despertava tal fascinação. Várias vezes, perguntara a si mesmo: por quê?

Talvez fosse a aura de mistério que os olhos negros lhe transmitiam. Talvez fosse o corpo exuberante que ela desenvolvera após a adolescência, e que, acanhada, escondia sob camisetas largas. Talvez fosse a sensação de estabilidade que ela lhe passava; garotas vistosas vinham e iam, porém Ângela aparecia toda semana à procura de blocos para desenho, aquarelas, pincéis. Entrava silenciosamente, namorava as vitrines, fazia o pedido com voz baixa e um sorriso retraído.

Sim, ele tinha de confessar a si mesmo que sua atração por aquela garota só aumentava. Arrependia-se por nunca ter tomado a iniciativa de convidá-la para sair.

"Agora é tarde demais", pensou, naquela tarde, enquanto ia até ela. "Todo mundo está dizendo que ela vai estudar fora. Por que iria se interessar por alguém como eu?"

Ela estava pegando as cópias que a balconista tirara de seus documentos, quando ele se aproximou. Sentiu o rosto ficar vermelho e nem

Capítulo I

reparou que o dele também ficara. Baixou os olhos, contando o dinheiro antes de ir para o caixa. E ele tomou a iniciativa.

– Olá – começou, com um meio sorriso. – Tudo bem?

– Hum hum – ela respondeu. De repente, resolveu combater o retraimento e ergueu os olhos. – Eu vou viajar, sabe. Para estudar. Ganhei uma bolsa...

Bruno sentiu aumentar o aperto no peito. Era verdade, então.

– Tua mãe mencionou alguma coisa para o meu tio. Ganhaste um prêmio, não é? Vais ficar fora muito tempo?

Ela percebeu a tristeza embutida na pergunta e desejou jamais ter participado do concurso da faculdade ou ter tirado o primeiro lugar... Pegou a carta na bolsa e mostrou-a.

O rapaz disfarçou a tristeza e sorriu.

– Parabéns! Tu mereces, Ângela. Então – engoliu em seco – é quase um ano?

Ela fez que sim com a cabeça. Os olhos de ambos se encontraram. E ele decidiu que não queria, não **podia** deixar aquela oportunidade passar; talvez fosse a última.

– Escuta... Tu queres... sair comigo no sábado? Assim, para comemorar o seu prêmio. Podemos pegar um cinema, ir jantar, conversar, sei lá.

Pelo menos uma dúzia de negativas passou pela superfície da mente dela. Por que sair com Bruno se, em poucas semanas, ela iria embarcar para a Espanha e ficaria um ano sem vê-lo? Não valia a pena. Ele nunca a convidara antes. Se saísse com ele, só iria se magoar. E não precisava de mais mágoas na vida!

Seu coração, contudo, disparou; e os lábios traíram o que a mente decidira.

– Claro – foi a resposta que saiu. – Sábado a que horas?

O sorriso dele, desta vez, não era tímido.

– A papelaria fecha às cinco. Passo na tua casa às seis.

À noitinha, quando, ao lado da mãe, Ângela recebeu do diretor da faculdade e da coordenadora do curso a placa do prêmio, entre os aplausos dos alunos e professores, a vermelhidão em seu rosto não vinha do fato de estar em pé diante de toda aquela gente.

Vinha de um calor que envolvia seu peito e dos pensamentos que desfilavam por seu cérebro. *"Vou sair com o Bruno, vou sair com o Bruno, vou sair com o Bruno, vou sair com o Bruno, vou sair com o Bruno..."*

Exposto em destaque no salão, junto aos trabalhos finalistas do concurso, o premiado pastel de Ângela recebeu muitos elogios durante o coquetel que se seguiu. E ela deixou à mãe a tarefa de agradecer pelos parabéns. Mergulhou no silêncio e se sentou num canto, sem conseguir afastar os olhos do desenho emoldurado.

Pintara seu próprio rosto refletido em um espelho, a expressão perplexa e assustada de quem está diante de um enigma.

Passou a mão pelos cabelos crespos, naquela noite penteados impecavelmente. Essa Ângela, vencedora de prêmios, que tinha um encontro marcado com Bruno e que estava prestes a embarcar para a Europa, não era ela. Podia olhar-se em mil espelhos que não conseguiria se reconhecer. Não **queria** se reconhecer.

Preferia voltar a ser a Ângela tímida e solitária, que ficava desenhando nos cantos enquanto os outros se divertiam, que ajudava a mãe a terminar costuras em casa enquanto suas colegas iam ao shopping. Como embarcaria num avião e iria sozinha a São Paulo, de lá para Madri e de lá para Barcelona?! Não. Nunca teria coragem.

Mas a Ângela do outro lado do espelho talvez tivesse...

*El verdadero pintor es aquel
que es capaz de pintar escenas extraordinárias
en medio de un desierto vacío.
El verdadero pintor es aquel
que es capaz de pintar pacientemente
una pera rodeado de los tumultos de la historia.*

Salvador Dalí

Capítulo II

Garota na janela

O mundo se resumia a uma janela.

Ela já achara o aeroporto de sua cidade um espanto. O Internacional de Guarulhos, em São Paulo, fora tremendamente assustador.

O que dizer, então, do aeroporto de Barajas, em Madri? Ângela olhava embasbacada pela janela da aeronave enquanto o avião deslizava, após o pouso, rumo ao terminal de desembarque. Aquilo não acabava mais. O imenso aeroporto parecia uma cidade: tinha quatro terminais e um anexo, cada um com dezenas de pontes de embarque.

Ficara acordada a maior parte da noite; esperava não dormir nem um pouco das quase 12 horas de viagem. O ronco do avião reverberava o tempo todo em seus ouvidos, ela mantinha-se encolhida na poltrona que às vezes balançava com a turbulência. Havia levado seu diário e um livro para ler; porém, acabara cochilando, nem sabia como.

Registrara no diário as últimas emoções que tivera no Brasil.

Capítulo II

Pela janela de casa, vira Bruno chegar às seis em ponto, no sábado anterior. Sentira alívio ao ver que estava vestido tão informalmente quanto ela. Haviam caminhado lado a lado até chegar à avenida, quando uma garoa fina os fizera apressar o passo e ele tomara sua mão. Haviam corrido de mãos dadas e rindo muito até entrarem no shopping.

Molhados pela chuva e com a tensão diminuída pelas risadas, compraram ingressos para o filme e, enquanto esperavam a sessão começar, jantaram na praça de alimentação.

Parecia mágica: a timidez desaparecera, o constrangimento se fora. Ambos se sentiam à vontade, como se saíssem juntos toda semana. De uma loja de eletrônicos ali perto vinha música erudita, uma peça que ela adorava e cujo nome não conseguia lembrar.

Bruno contou sobre a faculdade, falou do tio que o criara após a morte dos pais e do trabalho na papelaria. Partilhou seu sonho de formar-se em Marketing e abrir uma loja virtual para vender material de escritório; esperava convencer o tio a investir naquilo.

Ângela falou dos esforços de sua mãe para que ela estudasse, de suas técnicas preferidas de desenho e pintura, da bolsa para estudar na Espanha, de como escolhera o curso de História da Arte, em vez das opções de design ou composição artística. Partilhou sua preocupação por trancar a matrícula na faculdade por dois semestres – e por ir justamente para a Catalunha. Nessa região a maioria das pessoas não falava o espanhol que aprendera no colégio, e sim o catalão, língua bem mais complicada.

O filme era cheio de suspense, perseguições e explosões, o que foi ótimo – pois nenhum dos dois queria prestar atenção na história, e sim aproveitar a companhia... Quando terminou, foram tomar sorvete na lanchonete mais vazia que encontraram, e ficaram um bom tempo sem dizer nada, apenas olhando-se.

"É incrível", ela pensava, misturando a calda ao sorvete, "como é natural estar aqui com ele. Parece que a gente se conheceu a vida toda!"

"Por que", ele pensava, separando a calda do sorvete, "eu não convidei essa guria pra sair há mais tempo? Ela tem tudo a ver comigo."

Quando as taças estavam finalmente vazias e eles não tinham mais desculpa para não ir embora, ela sorriu para ele de um jeito tão cativante que Bruno se inclinou por cima da mesinha e a beijou. Ângela correspondeu, esquecida da timidez.

Mas o beijo foi curto e terminou com um olhar de tristeza de ambos. Ele interrompeu o silêncio melancólico que se fez, tomando-lhe a mão.

– A gente pode se falar pelo computador – propôs. – Tu tens e-mail?

Ela ergueu as sobrancelhas, surpresa. Não havia pensado naquilo.

– Claro, mas não tenho computador. Sempre uso o da biblioteca da faculdade.

– No mundo inteiro tem cyber cafés, *lan houses*, essas coisas. Na tua escola na Espanha também deve ter computador. É um jeito de conversar, mesmo de longe.

Foram devagar para casa, e um outro beijo – mais longo – tinha sido sua despedida, depois de trocarem seus respectivos endereços eletrônicos.

Dona Stela já estava dormindo (ou fingindo que dormia) quando Ângela entrou e foi para seu quarto. A garota copiou o e-mail de Bruno em sua agenda, no diário, no livrinho de telefones, e fora se deitar imaginando como driblar o destino cruel – que lhe arranjava um quase namorado bem na véspera de viajar para o outro lado do mundo...

Não o encontrara mais após aquele dia, e isso foi bom; detestaria que Bruno a visse chorar, se tivessem que dizer adeus. Já bastava despedir-se da mãe... ainda mais depois que, algumas horas antes de saírem para

Capítulo II

o aeroporto, dona Stela viera com um presente inesperado, que deixara Ângela sem fôlego assim que abrira a caixa.

– Isto é pra tu ficar ligada e não esquecer a gente – dissera, séria.

Era um *notebook* dos pequenos, que cabem em qualquer bolsa.

– Mãe! – ela conseguiu esganiçar, a voz falhando de tanta emoção. – Isto custa muito caro! Tu não podes gastar tanto assim!

Stela sorrira, deliciada.

– Claro que posso. Consegui um desconto, e vou pagar em prestações. Além do mais, na confecção tem uns terminais que a gente pode usar e minha amiga me ensinou como mandar o tal de e-mail. Liga aí, vamos experimentar...

A garota afagou a bolsa de mão, onde levava o *notebook*. Ele seria a janela que lhe permitiria olhar para casa... ela e a mãe iam se comunicar por meio do mundo virtual.

Abriu a bolsa e pegou uma caneta para preencher o formulário que a comissária de bordo havia distribuído aos passageiros. Escreveu devagar, com medo de errar. Deveria apresentar aquele papel a um agente da imigração, no aeroporto. Vários medos a invadiram. E se a imigração implicasse com ela? E se achassem que tinha cara de bandida, terrorista, traficante? E se implicassem com o fato de que ela não ia ficar em um hotel, em Madri? A professora Ada, coordenadora do curso, arranjara para ela ficar alguns dias com um casal de amigos paulistas – enquanto aguardava receber a papelada do consulado e um cartão bancário, antes de ir para Barcelona. E se os amigos de Ada não gostassem dela? E se ninguém entendesse o que ela dizia? E se terroristas explodissem o aeroporto? E se...

Um zum-zum a fez parar de pensar desgraças. Os passageiros começavam a se levantar e a mexer nos compartimentos de bagagens. O avião parara completamente: estavam no TS-4, o terminal satélite de Barajas, onde desembarcam os voos do Brasil.

A sensação de estar num país estrangeiro a atingiu em meio ao burburinho e à agitação do desembarque. Embora os comissários de bordo falassem castelhano, havia ao seu redor passageiros de tudo que é lugar. Ouvia falarem inglês, francês, alemão, italiano, japonês e algumas línguas que não conseguia nem imaginar de onde fossem.

Fora da ponte de embarque, a bolsa a tiracolo, o casaco nas mãos e a mochila às costas, admirou o tamanho do terminal, a arquitetura arrojada e os imensos tubos amarelos, a extensão dos corredores. Aquele lugar era gigantesco!

Sem saber para onde ir, fez o que Ada lhe dissera para fazer: seguiu o fluxo. O povo todo seguiu para as esteiras rolantes que levavam a uma plataforma de embarque. Ângela sabia que precisava ir para o terminal T4, de onde saía a estação do metrô, e para chegar lá havia um trem interno.

Ela parou junto a outras pessoas, próximo às portas da tal plataforma, e logo viu chegar o trem. Embarcou tentando não ser empurrada nem empurrar ninguém e segurou-se a uma das barras de metal enquanto um grupo de jovens entrava fazendo algazarra. O trem fechou as portas e ela ficou imaginando as distâncias entre os terminais do aeroporto; o trem levou uns dez minutos para abrir as portas de novo.

O terminal T4 parecia ainda maior que o outro; mas não era difícil de se orientar, havia sinalização em toda parte. Logo viu a placa que lhe deu frio no estômago: *Control de pasaportes*, a imigração. Foi para o fim de uma das enormes filas que se formavam nos guichês que atendiam a quem não tinha passaporte da União Europeia.

Agora que parara, sentia frio. Era fevereiro, e ela agradecia aos exageros da mãe, que a fizera trazer um casaco de lã forrado, cachecol, luvas e gorro de lã. O vento era gelado nos corredores do terminal, mas

Capítulo II

ela vestiu apenas o casaco e enrolou o cachecol no pescoço. Na saída talvez precisasse dos outros agasalhos...

Quando chegou sua vez, um jovem sorriu para ela atrás do guichê, dizendo *buenos días*. Entregou o passaporte, o formulário e a carta da escola de artes de Barcelona, atestando que iria estudar lá. Na dúvida, entregou também a impressão do seu ticket eletrônico com as passagens que a levariam a Barcelona na semana seguinte e de volta para o Brasil em dezembro. O rapaz perguntou, em castelhano:

– *Estudiante?*

– *Sí* – ela respondeu, tímida. – *Voy a Barcelona... estudiar Arte.*

Ele olhou o visto e rapidamente carimbou o passaporte, parecendo apressado.

– *Bienvenida a España* – disse, devolvendo-lhe tudo, menos o formulário.

E ela tratou de sair do caminho depressa, pois atrás vinha uma família com pelo menos cinco crianças chorando. Continuou seguindo o fluxo, namorando o carimbo (dizia *Madrid-Barajas*) e xingando-se pelo tempo que perdera com medo da imigração.

A próxima placa a procurar era *Reclamo de equipaje*, e também foi fácil de encontrar, embora tivesse de andar mais alguns quilômetros de corredores até chegar às esteiras rolantes. Finalmente viu, num painel luminoso, o número de seu voo e a esteira correspondente. Parou junto às pessoas cujos rostos reconheceu do avião e bocejou, cansada.

Parecia-lhe que havia saído do Brasil há um mês, não apenas na noite anterior.

Logo que as bagagens começaram a deslizar pela esteira, reconheceu a mala azul celeste que a professora Ada lhe emprestara. No Brasil, tinha achado aquela cor horrível, mas agora via como era útil ter uma mala que não fosse preta ou vermelha! Muita gente se atrapalhava para encontrar a sua entre tantas parecidas...

Arrastando a mala com rodinhas atrás de si, foi para a *salida*. Fora dali, num saguão também enorme, muita gente esperava pelos passageiros. Quase entrou em pânico ao pensar que não conseguiria encontrar Tatiana e Roberto, os amigos de Ada, mas logo viu um casal jovem erguendo um papel impresso em computador com seu nome escrito.

Aproximou-se e a moça, alta e sorridente, já foi abraçando-a.

– Bem vinda, Ângela! Eu sou a Tati. Como foi a viagem?

– Foi... ótima, obrigada.

– E eu sou o Beto – disse o rapaz, já puxando a mala azul celeste na direção de uma escada rolante próxima. – Que bom que veio agasalhada, tá um frio danado lá fora!

Conversando, desceram as escadas rolantes, que deram num terminal de metrô. Lá, sua anfitriã lhe mostrou um bilhete parecido com os do metrô brasileiro.

– É o *complemento*, quando a gente vem ao aeroporto tem de pagar um euro a mais por este bilhete, além da passagem normal.

Também lhe deram um bilhete unitário para pegar o metrô. Beto foi explicando:

– Estamos na linha oito, que é a cor-de-rosa nos mapas. Vamos pegar o trem no sentido Nuevos Ministerios, mas faremos baldeação na estação Mar de Cristal para passar à linha quatro, marrom.

Tiveram tempo durante a viagem de metrô para falar do calor que fazia no Brasil e do frio que fazia na Europa, e Ângela transmitiu as notícias que Ada lhe pedira. Era bom conversar em português, depois daquela viagem em que as línguas estrangeiras pairavam a seu redor. A rede de transporte metropolitano era organizadíssima; onde morava, no Rio Grande do Sul, o sistema de metrô era mínimo, e no de São Paulo ela só andara uma vez. Mas logo perdeu o medo do metrô, pois ali tudo era bonito e eficaz. Nas plataformas havia painéis eletrônicos informando em quantos minutos chegaria o próximo trem.

O casal morava perto da estação Avenida de la Paz; após curta caminhada no frio intenso das ruas, estavam no apartamento – quentinho

Capítulo II

com o aquecimento central. Em pensamento, Ângela agradeceu à mãe pelo gorro e as luvas de lã que a fizera trazer.

Era sábado, e ela teria de esperar passar o fim de semana para resolver os assuntos da bolsa de estudos. Mas seus anfitriões tinham planejado alguns passeios.

— A gente adora quando vêm amigos do Brasil! — disse Tatiana, pondo a mesa para o almoço. — Estamos aqui há anos e nem sempre conseguimos ir pra lá nas férias.

Ela havia preparado um prato típico: *tortilla de patatas*. Era uma omelete com batata e temperos, que Ângela achou deliciosa. Depois do almoço, a garota se instalou no quarto em que dormiria, num colchonete. Ligou o *notebook* e, usando a rede da casa, mandou um e-mail para a mãe avisando que chegara bem. Pensou em escrever para Bruno, mas achou melhor esperar uns dias: não queria parecer ansiosa para falar com ele! Estava exausta após a noite passada no avião e gostaria de se deitar, porém Beto não deixou.

— É bom se acostumar com o fuso horário! Vamos tomar um café e sair. Você vai ficar pouco tempo em Madri e mal vai conseguir ver os lugares legais.

Da estação Avenida de la Paz — onde Ângela usou suas moedas de euros pela primeira vez, comprando um bilhete para dez viagens numa máquina —, foram até a estação Goya, que exibia reproduções de pinturas do artista nas paredes, e fizeram a baldeação para a linha dois. De lá, na direção Cuatro Caminos, seguiram para o coração de Madri: a estação Sol. A garota brasileira digeria as várias informações sobre as linhas do metrô *madrileño* e acompanhava a sequência das estações pelo folheto que ganhara ao comprar o bilhete, com o desenho do *Plano esquemático de la red*.

Ao sair para a superfície, viu-se numa praça enorme e cheia de gente, apesar do frio que fazia. Como que para honrar o nome Plaza del Sol, ou quem sabe saudar sua chegada à Espanha, em minutos a praça se iluminou com raios solares – um tanto fracos, mas que deram à cidade um ar de euforia.

– Este lugar também se chama Puerta del Sol – informou Beto –, e logo ali fica o marco zero, o centro simbólico da cidade.

Ângela identificou inúmeros turistas fotografando certa estátua: um urso apoiado em uma árvore. Tati a levou até lá.

– Apresento-lhe *el Oso* ou *la Osa* – disse. – A árvore em que ele se apoia é *el madroño*, o símbolo da cidade. Esta deve ser a imagem mais conhecida de Madri.

Beto, que era apaixonado por fotografia, já estava flagrando todos os momentos de deslumbramento da recém-chegada diante dos prédios que rodeavam a praça.

– Eu estou mesmo aqui – ela murmurou, sorrindo para o Urso, sem se importar que alguém a ouvisse. – Estou na Espanha, terra do meu bisavô!

– Vamos indo? – sugeriu Beto, depois de alguns minutos.

Os três deixaram a praça e tomaram a Calle Mayor. Ângela não conseguia parar de pensar que precisava muito comprar uma máquina fotográfica. A rua era movimentada, cheia de casas e prédios antigos com sacadas; podia imaginar mulheres espanholas nesses terracinhos, usando sensuais vestidos rendados e flores vermelhas nos cabelos negros, castanholas nas mãos...

"Estereótipos", pensou ela, notando que nas lojinhas de presentes ao redor havia bonecas que perpetuavam exatamente essa imagem estereotipada.

Chegaram a uma praça retangular, com passagens arcadas para todas as ruas ao redor: a Plaza Mayor. Em toda a volta, prédios antigos com três ou quatro andares, portas sob arcos redondos, luminárias em ferro,

Capítulo II

torreões, pinturas murais em algumas paredes. No centro, a estátua de bronze de um sujeito a cavalo – um rei, provavelmente. Ângela sentiu um clima diferente no lugar – uma sensação solene que não havia na Plaza del Sol, apesar das dúzias de turistas circulando por ali também.

– A Plaza Mayor, no século XVI, era a sede da corte, onde tudo de importante acontecia – Beto era uma enciclopédia ambulante, com informações para dar em cada rua ou monumento. – Como os Autos de Fé da Inquisição...

Pararam para uma foto perto da estátua, que representava o rei Felipe III. Ângela saiu fazendo careta, talvez porque imaginasse fogueiras inquisitoriais, bem ali, queimando gente... De repente, por mais bonita que fosse a praça, quis ir embora.

Estudara a Inquisição Espanhola no colégio; julgava-a um capítulo deprimente da História. Nos anos em que existiu, a Inquisição ou Santo Ofício, o tribunal religioso fundado no século XII para combater as heresias (ou o que seus líderes consideravam heresia), torturou e matou milhares de pessoas. Os Autos de Fé eram os espetáculos em que se executavam os condenados, muitas vezes queimando-os vivos em fogueiras.

Era estranho imaginar que aquela praça, com bares e restaurantes em volta, cheios de guarda-sóis coloridos, mesinhas com pessoas fazendo suas refeições alegremente, fora usada para uma finalidade tão sinistra.

– Depois do inverno – Tati explicou, enquanto voltavam à Calle Mayor –, a *plaza* fica florida, lotada de gente nos bares. Comer fora é uma das atrações de Madri!

– O que me lembra, vamos de *tapas*? – Beto propôs.

Bem perto dali, próximo da Plaza de la Villa, ficava o mercado de San Miguel. Parecia um mercado municipal dos que há em várias cidades brasileiras, antigo, porém completamente restaurado. Estava cheio de bares e lanchonetes. Os três se sentaram junto a um balcão e Tati foi lhe mostrando as *tapas*, petiscos feitos com pão, torradas, queijos, pimentão, presunto (*jamón*, algo que a garota prometeu a si mesma comer com frequência, pois era delicioso!) e outros ingredientes combinados. Pediram vários e ela aproveitou para comprar uma garrafinha de água mineral – não dava para passear sem uma, pois, apesar do frio de fevereiro, o calor e a sede a atacavam quando andava.

Fez questão de pagar pelo seu lanche; já estava se acostumando a usar os euros, e era bom saber o custo de tudo por ali, pois logo teria de sobreviver com o dinheiro da bolsa de estudos. Sabia que, apesar de a faculdade ter depositado a quantia necessária para um ano em seu nome, ela só poderia retirar uma quantia mensal fixa, para as despesas.

Como se percebesse seus pensamentos, Beto perguntou:

– Você recebeu euros para gastar até o fim do ano?

– Não exatamente – ela explicou. – Vou pegar, nos próximos dias, um cartão de banco para sacar o prêmio da bolsa, um pouco por mês. Mas minha mãe comprou euros para eu sobreviver enquanto não pego o cartão e a papelada da escola. Por isso é que vim primeiro a Madri; minha passagem para Barcelona é só daqui a cinco dias.

– E lá – Tati indagou –, onde você vai ficar? A Ada me falou sobre seu cronograma aqui em Madri, mas não contou muito sobre sua estada lá.

– Vou morar na casa de uma senhora chamada Pilar. Ela hospeda estudantes. A professora Ada me garantiu que é gente boa...

A essa altura haviam deixado o mercado e seguido pela Calle Mayor, que continuava até chegar a uma grande avenida. Do outro lado da rua, havia uma grande igreja; não parecia muito antiga, mas era impressionante. Ângela segurou o fôlego.

"Por que não trouxe meu caderno de desenho?", ela pensou. Adoraria sentar-se ali e esboçar a silhueta da catedral.

Beto retomou a voz de "guia de turismo" que usava sempre que recebia amigos:

Capítulo II

– Esta é a Catedral de la Almudena, vem do árabe *almudaina*, que quer dizer "a muralha". Como você deve saber, durante muito tempo, os mouros dominaram várias regiões da Espanha. Seus costumes e sua língua estão entranhados na nossa cultura.

Tati riu e abraçou o marido.

– Na cultura espanhola, você quer dizer! Ainda somos brasileiros.

Ele resmungou algo sobre estar lá há tanto tempo que já estava virando nativo.

– O nome inteiro dela é Catedral de Santa María la Real de la Almudena. É imensa e, apesar de não ser antiga como muitas que você vai conhecer, tem retábulos e quadros do século XVI. Começaram a construção em 1883, mas só foi consagrada pelo papa em 1993. A imagem mais importante aqui é a da Virgem de Almudena, que foi encontrada enterrada neste lugar pelo rei Alfonso VI, em 1085; isto tudo era uma fortaleza árabe.

– Um *alcázar* – Tati completou. – Acho que os cristãos naquela época precisavam esconder as imagens cristãs, já que os mouros é que mandavam.

Foram visitar primeiro a cripta, que segundo Beto era um espetáculo à parte; algumas pessoas diziam ser mais bonita que a própria catedral.

Ângela notou os arcos redondos. Diferentes dos arcos em forma de ogiva, que eram a marca registrada das catedrais góticas europeias. Havia estudado na faculdade os estilos gótico e românico; este usava os arcos redondos. De fato, ao olhar o folheto da igreja, viu que a cripta fora construída em estilo neorromânico. Estava cheia de capelas e túmulos de famílias nobres. Quando visitaram a catedral em si, ela concordou com a informação do amigo – gostara mais da cripta.

Saíram na Calle Bailén de novo, e houve uma pequena discórdia sobre o que fazer em seguida. Beto queria seguir a avenida para a esquerda e visitar a igreja de San Francisco el Grande, mas Tati queria mostrar o palácio real à garota.

Enfim, as mulheres venceram: Ângela também preferia, naquele dia, ver o palácio dos reis da Espanha. Achava estranho estar num país que não tinha presidente, e sim rei.

Olharam através das grades o enorme pátio interno, os prédios lá adiante, os jardins. Era difícil de acreditar que aquele conjunto impressionante estava de pé há séculos, abrigando reis, rainhas e príncipes. Como sempre, Beto veio com fatos.

– A Espanha é uma monarquia constitucional desde que terminou a ditadura do general Franco, em 1975, e o rei Juan Carlos I se tornou chefe de Estado. O país tem um primeiro-ministro e a constituição assegura que cada uma das Comunidades Autônomas tenha seu próprio parlamento e governo regional. A Comunidad de Madrid, além de sediar a capital, é uma unidade distinta das vizinhas, Castilla-La Mancha, Aragón, Catalunya...

Prometendo a si mesma que, assim que pudesse, faria a visita completa ao palácio do rei Juan Carlos, Ângela seguiu o casal amigo a uma praça vizinha, a Plaza del Oriente. Ali também havia os inevitáveis turistas fotografando estátuas – e eram muitas, desta vez! Essa praça ostentava monumentos a reis bem antigos.

– Você precisa vir aqui quando passar o inverno – disse Tati. – A *plaza* fica exuberante com muitas flores coloridas nos canteiros.

Ali perto ela viu outro prédio com ar antigo. Nem precisou perguntar o que era, havia uma placa com os dizeres *Teatro Real*. Mais adiante viu o losango vermelho e azul, indicativo das entradas do metrô: estavam junto à estação Opera.

Andaram mais um pouco pelas ruas próximas, e a garota se deixou guiar, tentando não pensar em nada e apenas aproveitar a tarde de sábado. De súbito, saíram numa avenida bem movimentada. Estavam perto de uma grande praça.

– Eis a Plaza de España – disse Tati. – Aposto que você conhece aqueles sujeitos!

Capítulo II

No centro da praça a garota viu um enorme monumento, ornado por esculturas. Bem à sua frente, em bronze, as silhuetas refletidas num espelho d'água, havia um homem magro a cavalo e um gordinho montado num burrico.

– Dom Quixote e Sancho Pança – murmurou, com um sorriso nos lábios.

Aquele era um de seus livros preferidos... Os personagens mais famosos da literatura mundial estavam ali, diante dela, Dom Quixote, com o braço direito erguido e o esquerdo segurando uma lança; pouco atrás, Sancho vinha escarrapachado em sua montaria, com cara de tédio – pelo menos foi o que lhe pareceu. No centro do monumento, a representação do autor – Miguel de Cervantes Saavedra – com ar solene e roupas antigas, incluindo o largo colarinho, que a lembrou um bolo de aniversário.

Deram a volta no monumento e na praça. Ela imaginou que as árvores de galhos meio pelados pelo inverno deviam dar ao local um ar refrescante, quando estivessem verdes, na primavera ou no verão.

Saíram de lá e voltaram para a avenida – a Gran Vía, segundo Beto, a mais famosa de Madri. Era larga e cheia de edifícios do século XX que davam à cidade um ar nova-iorquino... Cinemas, lojas e muita, muita gente passeando ou fazendo compras.

Passava das cinco da tarde; ela estranhou ver que algumas das *tiendas* – assim se chamavam as lojas – estavam abrindo as portas naquela hora. Uma placa numa vitrine dizia que, ali, eles fechavam às 14 horas e reabriam às 17! Então lembrou-se de algo que lera, anos antes, no livro de espanhol do colégio.

– Eles fecham as lojas toda tarde pra fazer a *siesta*? – perguntou.

– Só algumas delas – desta vez foi Tati quem deu as informações. – A *siesta* é um costume espanhol muito antigo, de se parar tudo pra dormir depois do almoço. Mas hoje acontece em poucas lojas, e o pessoal não usa a pausa para dormir de verdade. Muitos aproveitam para ir almoçar em casa ou buscar os filhos no colégio. Na maioria das empresas grandes e nas multinacionais o costume não existe mais.

– No interior é mais comum, especialmente em cidades quentes – acrescentou Beto.

Pararam diante de várias *tiendas* para ver as vitrines e fazer compras; Tati queria um livro e Beto precisava de acessórios para computador. Ângela anotava mentalmente os preços das coisas e tentava abandonar o instinto de transformar os euros em reais.

Quando começou a escurecer decidiram jantar por ali mesmo.

– Hoje você é nossa convidada – Tati declarou, sem aceitar reclamações.

Ângela se sentiu apreensiva, quando entraram em um restaurante próximo. Todos diziam que comer fora na Europa era caríssimo... e ela não queria que os amigos de Ada gastassem dinheiro com ela! Mas logo, ao olhar o cardápio, relaxou. Uma refeição ali não sairia por mais de 11 euros!

Enquanto aguardavam para ser atendidos, mais uma vez vieram as explicações de Beto. Ele parecia adivinhar toda vez que a garota tinha uma dúvida.

– Aqui os restaurantes são obrigados a colocar no menu uma oferta acessível de refeição. São os *combinados*: entrada, prato principal, sobremesa e bebida, tudo por um preço fixo. Neste aqui, o preço é 10,95 euros. E você pode escolher entre as opções...

A garota seguiu o exemplo dos amigos e pediu legumes envoltos em massa e fritos (empanados, diria sua mãe), frango ao molho de pimentões (*pollo con pimientos*), e uma salada de frutas como sobremesa. Precisava acostumar-se à saudável cozinha mediterrânea, muito baseada em legumes, verduras, azeitonas e condimentos.

A bebida escolhida por Tati e Beto foi vinho, que na Espanha é comum em todos os momentos, mas ela não estava acostumada a bebidas

Capítulo II

alcoólicas às refeições, e se contentou com *jugo de ananás*, ou suco de abacaxi.

Voltaram para casa tarde e, antes de dormir, Ângela ainda ligou o *notebook*. Havia uma resposta de sua mãe, que acessara a rede num café, mandando muitos beijos. E algo que ela não esperava: uma mensagem de Bruno.

> *Bom dia! Encontrei tua mãe hoje e ela me disse que tu chegaste bem à Espanha. Quando puder, me escreve... Abraços do Bruno.*

Teve vontade de responder na hora, mas conteve-se. Ainda não. E por que ele escrevera "Abraços"? Ela teria escrito "Beijos"! Ainda sentia o gosto dos lábios dele nos seus, ainda sonhava com o encontro de uma semana atrás... Era uma bobagem, mas deixou-a irritada. Desligou o *notebook* e foi dormir.

O dia seguinte era domingo, e ela dormiu até exterminar o sono e o cansaço acumulados com a viagem. Quando se levantou, havia um enorme café da manhã na mesa, Tati estava ao computador e Beto assistia à tevê.

– Bom dia – disse ela timidamente, ao sentar-se e servir-se de café com leite.

O casal estaria ocupado naquele domingo; Tati precisava resolver algumas coisas de trabalho e Beto ia encontrar uns amigos que chegariam à cidade, mas eles não permitiriam que Ângela saísse sem estar bem alimentada – o que, para a garota brasileira, significava "empanturrada de coisas que engordam". Afinal, como ela estava ansiosa para visitar museus e já sabia se mover sozinha pela rede de metrô, combinaram que se encontrariam somente à noitinha, em frente ao Museo del Prado.

– Tem muitos bancos no Paseo del Prado – Tati propôs. – Fique sentada em frente à Puerta de Velázquez e nós encontraremos você lá!

Ângela se muniu de um arsenal para seu primeiro passeio, sozinha, pela Espanha. Na bolsa, biscoitos, chocolate e a garrafinha de água. Tatiana a fez incluir dois sanduíches de queijo embalados em plástico. Mais um mapa de Madri, presente de Beto, e o plano do metrô. Caderno de desenho, lapiseira e um lápis-grafite para sombrear. Guarda--chuva dobrável emprestado por Tati, um cachecol a mais, carteira com algum dinheiro, caderno de anotações e, num bolso interno do blusão, o passaporte.

Depois de dezenas de recomendações, e de anotar os celulares dos amigos para qualquer emergência, ela saiu. A manhã estava mais bonita que a anterior, com poucas nuvens no céu e um sol constante; mas ainda fazia frio.

Tomou o metrô e lá se foi pela linha quatro na direção Argüelles. Desceu de novo na estação Goya para fazer baldeação, mas desta vez teve mais tempo de apreciar as reproduções nas paredes: deslumbrou-se especialmente com uma série de *grabados* reproduzindo trabalhos de Goya que retratavam os pecados capitais.

Os pintores espanhóis sempre tinham sido seus preferidos nas aulas de História da Arte. Decorara a biografia de Francisco José de Goya y Lucientes, artista genial nascido em Zaragoza. No século XVIII (ele morreria no XIX, em 1828), retratara não apenas os nobres da Espanha, mas fizera várias séries de quadros sombrios, satíricos e antibelicistas; suas pinturas ambientadas na época das Guerras Napoleônicas mostram de forma sinistra o sofrimento do povo espanhol e a crueldade da guerra.

"Nós nos vemos daqui a pouco", ela disse mentalmente às reproduções de Goya, enquanto procurava o acesso para a linha dois, que a levaria ao centro. A caminho, uma surpresa: estava num corredor comprido,

Capítulo II

imaginando se não teria se enganado de direção, quando começou a ouvir acordes de uma música que conhecia muito bem. Um cravo! Ela já havia notado que o metrô madrilenho abrigava inúmeros músicos de rua – mas desta vez não estavam tocando música popular, e sim clássica.

– "Cânon em ré maior", de Pachelbel! – exclamou.

Era essa a música que ouvira no shopping durante o almoço com Bruno, e cujo nome, naquele dia, ela tentara inutilmente recordar.

Quando virou uma das esquinas, viu o músico, um senhor sessentão, tocando o cânon em um teclado que imitava o som do cravo. Algumas pessoas deixavam moedas num chapéu junto ao homem, e ela rapidamente deixou cair um euro ali também. Aquela música a fazia lembrar com carinho de casa, da mãe, da rua... e **dele**.

Afinal chegou à escadinha que dava acesso à linha dois, direção Cuatro Caminos. Eram só três paradas até a estação Banco de España. Saiu um tanto desorientada do metrô, mas logo reconheceu, por fotos que vira, a Fuente de Cibeles, em meio ao cruzamento entre avenidas importantes: a Gran Vía, que se transforma na Calle de Alcalá; o Passeo de Recoletos e o Paseo del Prado. Parou para apreciar a fonte e a estátua da deusa romana Cibele num carro puxado por leões.

Ia virar à direita para o arborizado Paseo del Prado, mas não resistiu andar mais alguns quarteirões à frente, para ver de perto a Puerta de Alcalá.

– Linda! – murmurou, ao se aproximar do monumento, um portal que, em tempos antigos, era bem mais modesto, no caminho para a cidade de Alcalá de Henares.

Sacou o caderno de desenho e esboçou a *puerta*. Olhou para os lados, um tanto amedrontada, pois o local era movimentado e tinha medo de assalto; mas nada viu de ameaçador, apenas pessoas apressadas indo para o trabalho. Lembrou a frase de Salvador Dalí, que lera numa enciclopédia de arte, dizendo que "o verdadeiro pintor devia ser capaz de pintar uma simples pera, cercado pelos tumultos da história...".

Desenhou as linhas gerais do monumento, pretendendo detalhar mais à noite, na casa dos amigos. Não podia perder muito tempo apreciando a *puerta*: queria visitar três museus naquele dia e já percebia que o tempo seria curto. O jeito seria escolher apenas dois e desistir de comprar o ingresso triplo do Paseo del Arte, que lhe daria acesso aos museus do Prado, o Reina Sofía e o Thyssen-Bornemisza. Nesse caso, resolveu descartar o terceiro, deixando para visitá-lo outro dia.

Guardou o caderno e tornou ao Paseo del Prado. Na caminhada pela avenida larga e arborizada, que ia das Cibeles a Atocha (uma das principais estações ferroviárias da cidade), sentiu calor, mas não tirou o agasalho, ainda tinha uma boa distância à frente.

O palácio do Museo Nacional del Prado lhe pareceu imenso. Ela lera que fora construído por ordem do rei Carlos III para abrigar um gabinete de ciências naturais; mas, duas gerações depois, seria destinado a expor as obras de arte pertencentes à coroa espanhola. Ângela viu a fila de pessoas numa das entradas do museu e foi em busca da bilheteria. Sua ansiedade em ver os grandes mestres era tanta que nem sentiu a estranheza de se comunicar em castelhano; comprou o ingresso a oito euros e pegou um mapinha do museu para orientar-se. Tinha certeza de que não conseguiria ver tudo que desejava, teria de escolher apenas o que mais a interessava.

Com o tíquete de cor bege nas mãos, entrou pela Puerta de Goya e seguiu direto à frente, após o saguão redondo. O mapa indicava que naquela ala ficavam as obras de arte espanhola. Murillo e Ribera foram os artistas que procurou em primeiro lugar: adorava os quadros sobre a gente simples do povo criados por Murillo, tão diferentes dos retratos de reis e nobres! E se impressionava com o claro-escuro das pinturas sacras de Ribera, que mostravam grande influência do barroco italiano.

Logo estava perplexa diante de uma natureza morta de Zurbarán – que parecia tremendamente viva – e chegou a um dos locais mais impo-

CAPÍTULO II

nentes do Prado: as salas que abrigavam os Velázquez. Passou por vá-rios dos quadros e parou diante do enorme *Las meninas*, famosa pintura que vira em muitos livros. O artista retratara a filha do rei Felipe IV, a infanta Margarita, cercada por suas damas de companhia, os bobos da corte e um cachorro. Velázquez colocou até a si mesmo no quadro, olhando para a tela que estava pintando. Os pais da infanta apareciam no reflexo de um espelho, ao fundo, como se observassem a cena de outra dimensão, outro mundo. Naquele quadro, o pintor era mais im-portante que os reis! Ângela sorriu para as imagens espelhadas, de novo perguntando-se por que os espelhos a fascinavam tanto.

"Ele estava ironizando a realeza?", indagou-se, observando mais de perto a expressão do pintor. Mais um enigma que encontrava, o olhar de Velázquez. "Não é à toa que o próprio Picasso admirava esta obra, tanto que fez uma releitura cubista das *Meninas*, lá do jeito dele... e eu vou ver isso no Museu Picasso em Barcelona!"

Depois de se demorar diante dos Velázquez, ela encontrou quadros de outro artista que sempre a fascinara: El Greco, o grego que vivera na Espanha. Sua pintura parecia tremular e querer escapar das moldu-ras. Ela ficou parada diante delas um bom tempo, imaginando como um pintor do século XVI conseguia ser tão moderno no uso das cores. "Será que a Inquisição não implicou com ele, como fez com Goya?", imaginou.

Vários artistas e escritores foram acusados de heresia nos tempos da Inquisição. Na Espanha, o Santo Ofício durou de 1478 a 1834; a maior parte dos julgamentos realizados era contra judeus, islamitas e outras pessoas acusadas de bruxaria, em especial mulheres. Artistas que pin-tassem cenas consideradas "estranhas" se tornavam suspeitos.

Pensando em Goya, tratou de esquadrinhar o mapinha em busca dos quadros dele. Não tinha certeza do ponto em que estava depois de entrar e sair de várias salas, mas viu uma funcionária ali perto e per-guntou:

– *Los cuadros de Goya, dónde están?*

A mulher a instruiu a dar meia volta e seguir em frente, e ela se viu, afinal, diante de mais obras-primas que só vira nos livros, como os retratos da família do rei Carlos IV – ela imaginou, pela expressão dos retratados, que quem mandava ali era a rainha, não o rei! E mais adiante a obra que fez a Inquisição processar o artista: *La maja desnuda*, um nu que ele acabaria reproduzindo com roupas, criando *La maja vestida*.

Após saborear aquelas imagens, ela vagou por salas que abrigavam pinturas italianas, francesas... Desceu uma escadaria desejando ver mais Goyas no andar inferior e, de repente, viu que estava numa ala dedicada aos pintores alemães. Um quadro chamou sua atenção e ela correu para apreciar o autorretrato de Albrecht Dürer.

– Nunca imaginei que fosse tão pequeno – murmurou, analisando o belo rosto do pintor alemão, que vira reproduzido várias vezes e que julgara ser enorme, e não com apenas pouco mais de dois palmos de largura!

Segundo o mapa, ali perto ficava a ala dos pintores flamengos. Era fã de um deles, Hieronymus Bosch, mas não encontrara nada relativo ao artista no folheto do museu. Até que, sem querer, captou de relance o famoso tríptico *O jardim das delícias*, e correu para lá. Riu sozinha: na Espanha, Bosch era chamado El Bosco... por isso não o encontrara no mapa! Durante um tempo ela analisou aquela fantasia do século XV, que poderia ter sido pintado no século XX, pelos surrealistas.

Foi com dor no coração que Ângela deixou o Prado pela Puerta de Murillo.

Seguiu para os infindáveis jardins do *paseo*; àquela altura, quase uma da tarde, as ruas estavam mais quentes que de manhã e ela dispensou o cachecol, amarrando-o na bolsa. Com fome, sentou-se em um banco próximo e atacou os sanduíches que trouxera, regados a água mineral. Como sobremesa, uma barra de chocolate.

Capítulo II

Nuvens escuras começavam a surgir, e um vento gelado trouxe um cheirinho de chuva; Ângela tratou de se enrolar no cachecol de novo, e apressou o passo em direção à Ronda de Atocha, como Beto lhe ensinara. Teve pena de não poder visitar o Jardim Botânico, ao lado do Prado; mas prosseguiu. Viu uma saída do metrô da estação Atocha, depois uma praça, e continuou à direita até que deu com a Calle de Santa Isabel. Já podia ver o supermoderno Centro de Arte Reina Sofía, espremido entre os prédios vizinhos. Começou a chuviscar, e ela correu para comprar a entrada num guichê.

Para sua surpresa, descobriu que naquele dia e horário a entrada era gratuita. E, como o museu fecharia às duas e meia, teria de correr se quisesse ver alguma coisa. Munida do ingresso – que trazia estampada uma minirreprodução de um quadro expressionista –, ela foi em busca dos elevadores para chegar ao segundo andar. Depois de passar a manhã admirando obras clássicas, estava ansiosa por um pouco de arte moderna.

A primeira coisa a fazer era ir à ala dos cubistas, seu estilo preferido. Além de quadros de Juan Gris e Georges Braque, ela sabia que ali encontraria a obra mais famosa de Pablo Picasso. Depois de passar por vários quadros cujo estilo se valia das formas geométricas para decompor as figuras, ela viu a sala onde muita gente apreciava o grande painel que tomava a parede inteira, e que o pintor chamara *Guernica*.

Muitos, porém, não apreciavam a arte cubista. Sua mãe, várias vezes, vira as reproduções em seus livros e torcera o nariz para as pinturas de Picasso. Mas a garota estudara o caminho que ele fizera para chegar ao Cubismo; sabia que as manchas de tinta, aparentemente aleatórias, formavam composições visuais complexas, cuidadosamente planejadas. A forma natural das coisas retratadas era transformada pelos artistas cubistas em formas mais básicas, geométricas. Muitas vezes, a deformação dos rostos e objetos, e a superposição das formas – imaginadas em vários pontos de vista – formavam emaranhados que transmitiam sensações, em vez de imagens precisas.

Guernica, por exemplo, era um enigma para ela (mais um!). Fora pintada para demonstrar o horror do artista pelo bombardeio da cidade de Guernica, no País Basco, em 1937, durante a Guerra Civil Espanhola. Seus tons de cinza e imagens cruas lhe davam um estremecimento; quase conseguia ouvir explosões e sentir cheiro de fumaça.

Depois de apreciar os cubistas, ela foi para as salas que exibiam trabalhos dos surrealistas. Sempre se sentira intrigada por aqueles quadros tremendamente reais, mas que mostravam realidades estranhas, loucas, coisas de sonho. Vários artistas se dedicaram a essa corrente, e o mais famoso era o catalão Salvador Dalí.

Ângela parou diante de um quadro de Dalí, *Muchacha en la ventana* – moça à janela. Sentiu-se retratada: a moça debruçada na janela olhava o mar, o mundo lá fora, claro e convidativo, em comparação com a escuridão do interior do quarto.

Lembrou de si mesma, olhando o mundo pela janela do avião.

Reconhecia aquela sensação dentro de si: saíra de uma situação obscura em seu canto, no Sul do Brasil, para uma Europa iluminada e surpreendente... Cheia de atrações; cheia de desafios; cheia de enigmas.

Outra pintura enigmática de Dalí que a fascinou se chamava *Los esfuerzos estériles*. Essa tinha ainda outro nome – *O nascimento de Vênus* – e era bem surrealista: uma forma estranha saía do azul (a deusa Vênus nascendo do mar?) e viam-se à sua volta rostos fantasmagóricos, corpos, manchas vermelhas (sangue?), moscas, signos que precisavam ser analisados. Com um suspiro, Ângela prometeu a si mesma estudar melhor as obras surrealistas, nem que fosse para entender porque elas a perturbavam tanto...

Viu ainda muitas salas e quadros que desejaria desenhar, mas o tempo foi curto; logo os funcionários estavam circulando e avisando que o museu ia fechar. Ela mal teve tempo de visitar o jardim Sabatini, no centro do prédio, com várias esculturas e uma vegetação cinzenta que deveria ser exuberante na primavera...

CAPÍTULO II

Saiu na Calle de Santa Isabel de novo, pensando se devia, afinal, ir visitar o terceiro museu da região, o Thyssen-Bornemisza. O sol, porém, reaparecera e a chuva passara; ela deu uma olhada no mapa de Madri que ganhara e sorriu ao ver que não estava muito longe do grande parque da cidade: El Retiro.

– Vou a pé ou de metrô? – perguntou-se.

Decidiu-se pelo metrô. Já estava mesmo se acostumando aos trens subterrâneos. Consultou o guia da rede assim que entrou na estação mais próxima, Atocha, da linha azul. Tati havia lhe dito que aquela era uma das mais belas estações da cidade, mas não podia explorá-la agora: embarcou logo que achou a plataforma no sentido Pinar de Chamartín, desceu na estação Sol e foi em busca do embarque para a linha vermelha. Ficou em dúvida sobre o sentido, mas o mapa foi claro: tinha de embarcar como se fosse para La Elipa. Foi o que ela fez e, após três estações, estava em Retiro.

Percebeu que saíra exatamente do outro lado da Puerta de Alcalá, que vira pela manhã; à sua frente, estendia-se o enorme Parque de el Retiro. Poderia tê-lo visitado cedo, mas naquela hora estava tão apressada para ir aos museus...

Entrou com calma pelos portões do parque. Sabia que ele servira, no passado, para a recreação das famílias nobres. Hoje, estava cheio de moradores da cidade, crianças e turistas, que aproveitavam a parada da chuva para fotografar e explorá-lo.

Andou sem rumo pelo parque, cujas aleias tinham nomes de países latinos – *Avenida de Méjico*, *Paseo de Colombia*... – e foi parar ao lado de um enorme lago artificial. *El Estanque*, supôs, já que a rua em que ficava chamava-se *El Paseo del Estanque*. Havia barquinhos ancorados numa das margens, cobertos; no verão aquilo devia ficar cheio de gente remando ao sol. Do outro lado havia mais um monumento, que ela queria ver de perto, com a estátua de um homem a cavalo.

"Mais um rei, aposto!", pensou; já estava ficando confusa com tantos reis que haviam governado a Espanha.

Quando atingiu o outro lado do grande lago, viu um senhor fotografando a estátua e muniu-se de coragem para perguntar:

– *Por favor, cuál es el nombre de ese rey?*

O homem desandou a falar, animado, e ela não entendeu metade do que ele disse, mas descobriu que aquele era Alfonso XII, chamado *El Pacificador* em seu tempo. Agradeceu a informação com um *muchas gracias*, e deixou o homem voltar às suas fotos. Caminhou para a aleia chamada *Paseo de Chile*, pensando que vários dos reis espanhóis recebiam alcunhas, como aquela de "pacificador". Beto, antes, tinha se referido a um outro rei que fora chamado "Don Pedro *El Ceremonioso*".

Viu mais à frente o que parecia ser um palácio e foi para lá. Como o mapa de Madri detalhava o parque, ela descobriu que estava diante do Palacio de Velázquez, uma bela construção com detalhes de arquitetura *mudéjar* (sempre as informações de Beto!), típica dos artistas mouros que haviam ficado na Espanha após a saída dos árabes. Mas não se demorou muito por lá, pois um vento frio anunciava mais chuva, e ela ainda queria ver outro ponto destacado em seu mapa: o Palacio de Cristal.

Foi fácil encontrar a belíssima construção de ferro e vidro, que devia ter sido uma estufa, perto de um lago com patos e cisnes, onde caía uma cascata. Ali ao redor estava bem mais frio, e ela se enrolou no cachecol... porém o recanto era tão lindo que não resistiu, sentou-se num banco próximo e sacou o caderno de desenho.

O esboço do palácio saiu bem mais natural que o que fizera antes, na Calle de Alcalá. Deixou os detalhes para terminar depois, mesmo porque estava começando a escurecer e logo chegaria a hora de encontrar seus anfitriões. Prometendo a si mesma voltar a Madri numa época mais quente e passar um dia inteiro naquele belíssimo parque, apressou o passo para os portões e retornou ao metrô.

Apenas uma estação até a saída da Banco de España, e viu-se de volta ao Paseo del Prado. Consultou o relógio: faltavam 15 minutos para

Capítulo II

a hora marcada com os amigos, tempo suficiente para alcançar o ponto de encontro em frente à Puerta de Velázquez.

Lá, ela se sentou e aguardou. A chuva prometida não viera, afinal, e Ângela se distraiu esboçando a estátua do mestre Velázquez diante do museu, enquanto várias pessoas passavam; aproveitavam o final de domingo para passear com seus cachorros pela avenida. Mais uma vez, isolava-se a desenhar, com o tumulto em volta...

Um assobio a avisou que os amigos estavam chegando. Tati a abraçou e perguntou sobre seu dia, enquanto Beto admirava seus desenhos no caderno.

– Vamos jantar no bairro boêmio de Madri – a amiga propôs.

Tomaram o metrô ali mesmo, com baldeação na parada Opera para a linha cinco, verde. Logo desceram em La Latina, que Beto assegurou ser a versão madrilena para bairros como o Greenwich Village, em Nova York, ou a Vila Madalena, em São Paulo...

Havia anoitecido e as ruas de La Latina estavam cheias de gente alegre, estudantes e turistas. Escolheram um bar-restaurante aconchegante, entre os muitos que iluminavam as ruas estreitas do bairro. Do cardápio – cujos preços também não eram caros, como Ângela temia –, ela escolheu uma *ensalada con queso de cabra*, que achou deliciosa, e experimentou a *sangría*, bebida típica espanhola preparada com suco de frutas, vinho tinto e frutas picadas. O teor alcoólico era bem leve, e ela adorou.

Conversaram muito e ela contou mais sobre a faculdade e os estudos de desenho, enquanto os amigos falaram bastante de suas experiências morando fora do Brasil. Mal sentiu a noite passar e, quando deu por si, Beto já havia chamado um táxi para voltarem.

Antes de dormir, ligou o *notebook*, sua janela para o Brasil, e olhou os e-mails. Havia mais um de sua mãe, perguntando se estava tudo bem. Ela respondeu contando sobre alguns dos passeios que fizera e desta vez não resistiu: escreveu para Bruno.

Boa noite! Cheguei bem, estou em Madri. Faz frio, mas dá pra aguentar. É tudo lindo e estou adorando, por enquanto! Como estás? Um beijo da Ângela.

Hesitou um pouco antes de clicar em "enviar". Deveria mandar um abraço? Ele a julgaria mal por escrever "Um beijo"? Afinal, cansada, mandou a mensagem assim mesmo. Ela gostara, muito, de beijá-lo. Se ele tivesse se arrependido, azar dele.

Naquela noite sonhou com imagens estranhas, enigmáticas e assustadoras, que pareciam pintadas por Salvador Dalí.

Os dias seguintes foram corridos e confusos. Não pôde contar muito com o casal de amigos, que já tinha muitas coisas com que se ocupar. Na segunda-feira, que amanheceu nublada, mas sem chuva, ela perdeu bastante tempo indo a um escritório ligado à escola de arte de Barcelona, nas proximidades da estação Diego de León. Custou a encontrar alguém que entendesse quem ela era e por que estava ali, mas afinal um senhor simpático encontrou uma pasta com seu nome e lhe entregou a papelada que devia entregar na escola, alguns formulários complicados que precisaria preencher e encaminhar ao Consulado do Brasil e o cobiçado cartão do banco.

Já passava da hora do almoço quando saiu de lá, ainda confusa com as conversas incompreensíveis ao seu redor – uma mistura de castelhano e catalão –, e foi procurar uma praça para sentar-se e comer o sanduíche que trazia na bolsa. Andou um pouco sem rumo e vislumbrou uma construção enorme ali perto...

Ângela se quedou, boquiaberta, ao virar a próxima esquina: estava diante de um imenso estádio, que ela logo adivinhou o que era – já que se encontrava ao lado da estação Las Ventas do metrô. Era a

Capítulo II

Plaza de Toros de Madri, que algumas pessoas dizem ser a maior da Espanha!

A garota se sentou num banco, entre árvores meio peladas ao redor da construção monumental, e tomou seu lanche admirando a arquitetura com portais em estilo mouro – o tal *mudéjar* –, e imaginando como seria aquele lugar em um dia de tourada.

Teria apreciado visitar o interior, porém era segunda-feira e não estava aberto ao público. Ao redor, havia estátuas de toureiros famosos. Ângela franziu a testa para uma delas, logo ali; a concepção era bonita e o toureiro de bronze, acima do touro, era retratado como um herói. Os toureiros arriscam a vida e são adorados por sua coragem... Mesmo assim, ela não conseguia ver heroísmo em matar um animal lentamente.

"Tudo bem", pensou, "a tourada é uma festa, um ritual tradicional da Espanha, e muitas outras culturas têm coisas parecidas. Lá no Brasil não tem a tal 'farra do boi? Mas eu não consigo gostar disso. Um estádio deste tamanho, lotado de gente que vem ver um homem matar um touro? Sei lá. Não me atrai ver uma coisa dessas".

De qualquer forma, ela estava diante de uma das mais famosas *plazas de toros* do mundo. Sacou o caderno e desenhou Las Ventas, dando ênfase aos detalhes árabes que podia distinguir ali.

Ao olhar o relógio de pulso, tomou um susto. O tempo voava! Precisava passar em uma agência bancária para validar o cartão, então despediu-se do monumental estádio e foi procurar a rua em que lhe haviam dito haver um banco.

Demorou um pouco a encontrar, mas o procedimento foi simples, apenas inserir o cartão num dos caixas automáticos e digitar uma senha. Quando terminou, estava garoando; resolveu pegar o metrô ali mesmo, na estação Diego de León, e ir para casa.

Naquela noite, a chuva passou e a temperatura, surpreendentemente, subiu. Tatiana chegou do trabalho e a surpreendeu dizendo que serviria um *gazpacho*, prato tradicional da Andaluzia, uma sopa fria de tomates que se toma de preferência no verão, mas que Tatiana estava morrendo de vontade de apresentar a Ângela...

— A Andaluzia fica no sul da Espanha, certo? — enquanto a dona da casa se atarefava na cozinha, a garota olhava um livro sobre o país que Beto lhe mostrava e no qual se via um mapa colorido com as diferentes regiões do país.

— Sim, é lá que fica a maior parte das cidades que eram ocupadas pelos mouros; você sabe que eles foram expulsos pelos reis católicos, Fernando e Isabel.

Antes de viajar, Ângela havia lido o máximo que podia sobre as regiões da Espanha. Sabia que eram 17 comunidades autônomas, e que muitas delas tinham sido antigos reinos. Algumas tinham mesmo tentado separar-se do resto do país, pois possuíam culturas e línguas diferentes, como a Catalunha, para onde ela ia, cuja língua mais falada é o catalão. Lera que, de tempos em tempos, havia protestos pela separação do País Basco, onde a língua tradicional é a euskera.

— Por que os reis Fernando e Isabel são tão citados em tudo o que é livro? — ela indagou, folheando mais o volume e deparando-se com um retrato desse casal real.

— Ah — Tati comentou lá da cozinha —, eles são adorados porque praticamente unificaram a Espanha... Além de terem mandado o Cristóvão Colombo pra América!

Beto, com um sorriso, mostrou a ela de novo o mapa com as regiões espanholas.

— Imagine: lá pelo século XV, este país não existia. A terra que os romanos chamavam Ibéria foi dominada, depois da queda do Império Romano, por povos germânicos, como os visigodos. Mas naquela época já existiam os reinos cristãos de Astúrias, León, Castela, Navarra, Aragão, Galícia, Catalunha. Cada um com sua família real e seus interesses. No sul, os muçulmanos dominavam desde o século VIII, com

Capítulo II

califados em várias cidades. O reino de Castela estava sempre tentando expulsá-los...

– Daí, a herdeira de Castela, Isabel, se casou com o herdeiro de Aragão, Fernando – acrescentou Tati. – E eles resolveram expulsar os árabes de uma vez por todas da península Ibérica, restaurando o cristianismo!

– A reconquista dos territórios foi demorada, mas em 1492 os "Reis Católicos", como passaram a ser chamados, expulsaram os mouros da cidade de Granada...

Ângela arregalou os olhos.

– No mesmo ano em que enviaram Colombo para a América! – exclamou.

Tati vinha trazendo uma terrina de sopa fria para a mesa.

– Isso mesmo! E agora a gente vai se deliciar com um prato que se come nestas terras desde aquela época. Pelo menos é o que dizem.

Antes de dormir, a garota brasileira mandou um e-mail para a mãe, contando sobre as delícias da culinária espanhola que já havia experimentado. E outro para Ada, assegurando à coordenadora que todos os seus papéis estavam em ordem e que em dois dias, como previsto, partiria para a Catalunha.

Bruno não havia mandado resposta alguma. Ângela tinha certeza de que ia sonhar com ele, mas estava tão cansada que na manhã seguinte não conseguiu se lembrar de nenhum sonho.

Na terça-feira, ela só saiu do apartamento para ir ao correio com Beto; tinha de enviar ao consulado os formulários que preenchera. E ocupou-se durante a maior parte do dia em arrumar a mala e separar a papelada do curso. Pegaria o avião para Barcelona no dia seguinte pela manhã.

Também aproveitou para trabalhar nos esboços que fizera dos pontos turísticos de Madri. E, em seu caderninho, fez uma lista dos locais que queria ver na cidade, mas que não tivera tempo. Tati olhou a lista e reforçou:

– Já sabe, quando puder tirar uma folga do curso, venha pra cá! Aqui ainda tem muito lugar legal pra você ver.

Nervosa com a viagem do dia seguinte, ela foi se deitar cedo. Bruno havia respondido, afinal, mas com uma mensagem muito curta.

Por aqui tudo bem. Continua dando notícias... Boa sorte e um beijo! Bruno

"Pelo menos ele retribuiu meu beijo", pensou antes de pegar no sono.

De entre los cinco sentidos,
el olfato es incuestionablemente
el que mejor da la idea de inmortalidad.

                                                   Salvador Dalí

CAPÍTULO III

Sons, imagens, gostos, aromas

Era tarde da noite. Reclinada na cama de baixo do beliche, ela folheou o diário com um gesto preguiçoso. A última vez que escrevera nele fora no avião, indo para Madri. Fazia só alguns dias, mas tanta coisa havia acontecido depois daquilo...

Com um suspiro, Ângela desistiu de escrever; levantou-se e foi guardar o caderno numa cômoda em que acomodara roupas e objetos pessoais. As gavetas cheiravam a erva-doce, havia sachês em cada uma delas. Ao lado do móvel, na parede, um espelho desgastado parecia ter cem anos. Talvez tivesse. Entre a moldura oval, via seu rosto desfocado: a garota ali refletida agora se parecia mais com a Ângela brasileira, tímida e quieta. Em Barcelona, ela não era mais a turista deslumbrada de Madri.

Já percebera que ali teria de fazer economia, os preços lhe pareciam mais altos que na capital da Espanha. E também não recebia o calor amigo que Tatiana e Beto lhe tinham demonstrado: a *Señora* Pilar era simpática, porém distante. Segundo descobrira, ela hospedava estudantes de todas as

Capítulo III

partes do mundo há décadas e preferia manter-se impessoal. Além disso, falava em castelhano apenas o necessário, o que obrigara Ângela, já no primeiro dia, a aprender algumas frases básicas de catalão, anotara-as numa folha de papel.

Todos lhe haviam dito que o povo catalão era muito reservado com estrangeiros, e agora concluía que era verdade. Quanto à língua, havia pesquisado antes de viajar e descobrira que derivava do latim vulgar, assim como o português, o romeno e o próprio espanhol. Ao chegar a Barcelona e ler algumas placas, percebera que conseguia decifrar bastante coisa, pela semelhança linguística. Quando as pessoas começavam a falar, porém, era outra história! Embora entendesse razoavelmente bem o castelhano, a pronúncia da fala catalã a deixava perplexa. Fizera uma tabela com algumas expressões para começar:

Português	Castelhano	Catalão
bom dia	*buenos días*	*bon dia*
por favor	*por favor*	*si us plau*
obrigado	*gracias*	*gràcies*
até logo	*adiós*	*adéu*
ontem / hoje / amanhã	*ayer / hoy / mañana*	*ahir / avui / demà*
café da manhã	*desayuno*	*esmorzo*
almoço / jantar	*almuerzo / cena*	*dinar / sopar*
entrada / saída	*entrada / salida*	*entrada / sortida*

Pegou o bloco de desenho, onde registrara lugares em que estivera – estava virando um verdadeiro diário ilustrado, já que ela nada mais havia escrito no diário de verdade... Na quarta-feira pela manhã, no Terminal 2 de Barajas, enquanto esperava o avião, desenhara um dos grandes corredores perto de sua ponte de embarque.

Descera no aeroporto de El Prat, que ficava fora de Barcelona; Beto a informara de que deveria pegar um *autobús* (ônibus) verde-limão, gratuito, para chegar à estação de trem, de onde partiria para o centro. Não foi difícil encontrar o *autobús*, embora a plataforma de embarque ficasse bem longe e ela estivesse exausta de tanto arrastar a mala azul. Logo o ônibus saía e percorria o que lhe pareceu uma enorme distância, até atingir a estação. Lá, num guichê, ela pagou três euros pela passagem para Barcelona-Sants.

Já dava para perceber que Barcelona era bem mais quente que Madri. Mal chegara e já estava sem cachecol, luvas ou casaco... O trem demorou meia hora até a cidade e, nesse tempo, Ângela, encorujada num canto do vagão, estudava o mapa da cidade (mais um presente superútil de Tati e Beto) e planejava os próximos passos. No verso havia o desenho do metrô, com linhas também designadas por cores. Decidiu que em Sants iria almoçar – já estava com fome – e compraria um bilhete de metrô com dez viagens, como fizera em Madri. Pegaria a linha azul para o bairro em que ficaria hospedada: o Eixample.

Sants era uma estação imensa, cheia de integrações, e ela teve de prestar muita atenção para achar a entrada de *el metro*. Quando a localizou, arrastou a mala azul até um restaurante do tipo *self-service* que havia por perto e serviu-se de uma salada e uma fatia de torta de atum, com suco de laranja para acompanhar. Saboreou a torta, surpresa consigo mesma: até ali apreciara todas as comidas típicas, combinavam com seu paladar.

A cada parada, um desenho; retratou com traços rápidos o interior da estação e o povo que ia de um lado a outro... Enquanto desenhava, ouvia as pessoas que passavam conversando; a maioria falava catalão, só eventualmente ouvia palavras em castelhano.

Afinal, alimentada, guardou o caderno e foi para o metrô.

Logo encontrou as máquinas de vender passagens, e essas aceitavam notas! Em Madri só usara moedas. Bilhete comprado, desceu as escadas rolantes cuidando para não despencar com mala e tudo – ainda bem que não era pesada demais – e logo estava na linha azul, no sentido Vall d'Hebron, a caminho da estação Diagonal.

Capítulo III

Apesar de ter estudado bem o mapa das ruas, ao sair sentiu-se perdida. A estação tinha várias saídas, e ela não sabia se a rua que devia pegar ficava para a frente, para trás, à esquerda ou à direita. Com vergonha de perguntar a alguém, ela escolheu um sentido ao acaso e lá se foi, arrastando a mala; as rodinhas, valentemente, estavam aguentando.

Andou um quarteirão, achando estranhas as esquinas cortadas: os quarteirões no Eixample eram octogonais! E logo descobriu, comparando as placas das ruas com seu mapa, que tomara a direção errada. Havia poucas placas ali, o que era confuso. Tinha de voltar, dobrar à esquerda e andar dois quarteirões para chegar ao endereço.

Passava de uma da tarde quando encontrou a casa, um sobrado estreitinho e pintado de azul-escuro, entre uma *bodega* e uma livraria. Os números das casas iam de um em um, diferente do sistema brasileiro. Antes que batesse à porta, esta se abriu e uma moça, mais velha que ela, saiu. Aproveitou para perguntar:

– *La señora Pilar?...*

– *En la cocina* – a moça respondeu, em castelhano, para seu alívio.

A cozinha recendia agradavelmente a temperos. A dona da casa não conversou muito com ela; instalou-a rapidamente num quarto sem janelas no qual havia apenas um beliche, uma cômoda e um espelho. A parte da casa que conheceu lhe pareceu bem vazia; a cozinha era grande, a senhora Pilar explicou que era ali que servia o *esmorzo*, das seis às nove da manhã. Havia uma sala enorme, com um aparelho de TV e alguns sofás, e um corredor cheio de quartos, todos fechados. Ângela teve a impressão de que ela e a moça que vira mais cedo eram as únicas hóspedes naquela temporada.

Depois de instalada, fora em busca da Escola d'Art i Història de Catalunya. Sabia que ficava naquele bairro, razão pela qual Ada tratara sua permanência na casa de Pilar. Distava várias quadras, que ela atravessou com o mapa na mão, intimidada pela aparência do Eixample. Via-se que era um bairro nobre, com restaurantes caros e lojas chiques, mas como havia várias

SONS, IMAGENS, GOSTOS, AROMAS

faculdades e escolas espalhadas por ali, as ruas fervilhavam de jovens, muitos estudantes – e também turistas, pela multiplicidade de hotéis.

A escola ficava numa casa bem modesta, com uma placa pequenina. Logo na primeira sala, encontrou um senhor atrás de um balcão de atendimento, que recebeu seus papéis e lhe entregou um impresso contendo a tabela de horários de aulas. Ele marcou com um círculo as que lhe correspondiam, e Ângela foi informada de que poderia começar a assistir aulas no dia seguinte; seriam diárias – menos aos fins de semana, claro – com aula de Espanhol pela manhã e de História da Arte à tarde.

Saindo de lá, deu com um *supermercat* em cuja entrada havia caixas eletrônicos e resolveu checar o saldo com o cartão que recebera. Demorou um pouco para conseguir acessar a conta, mas logo viu que os euros referentes àquele mês já estavam disponíveis para saque. Retirou a quantia que julgou necessária para uma semana e entrou no mercado.

Comprou água mineral, biscoitos, chocolate, *croissants*, queijo, maçãs. Ajeitou as compras na mochila e resolveu explorar as vizinhanças. O tempo estava encoberto, porém era mesmo mais quente que em Madri. Logo o calor a fez amarrar o blusão na cintura.

Ela sabia que a rua mais falada de Barcelona é chamada La Rambla. Segundo seu mapa, saía da Plaça Catalunya, ao sul. Querendo chegar lá, encaminhou-se para outra avenida famosa, o Passeig de Gràcia.

Segurou o fôlego. O *passeig* estava cheio de gente bonita em roupas coloridas, transitando entre árvores que pareciam não se importar com o inverno, a maioria exuberantemente verde. Havia postes de iluminação e arandelas de ferro trabalhados em arabescos, num estilo que ela estudara como *Art Déco*, e que era a cara de Barcelona. Não pôde evitar sentar-se num banco no canteiro central e desenhar uma das arandelas.

Seguindo mais um quarteirão no rumo sul, seu queixo caiu: segundo o mapa, estava diante da primeira obra que via do arquiteto catalão Gaudí: a Casa Milà, conhecida como La Pedrera. Naturalmente, lera sobre Antoni Gaudí ao pesquisar sobre a cidade, mas nunca imaginara que alguém

CAPÍTULO III

pudesse conceber uma casa daquele jeito: paredes irregulares, formas arredondadas... a casa parecia que estava derretendo!

Mais abaixo, no *passeig*, outra obra do arquiteto, a Casa Batlló. Nova parada para desenhar!

E Ângela foi andando, fascinada pela beleza da avenida, pelo contraste entre as construções antigas e modernas, pela vida que transbordava por ali. Até que chegou a uma praça enorme, com direito a árvores, sombra (o sol aparecera por trás das nuvens e agora fazia calor), fonte, chafarizes, esculturas e centenas de pombos que esvoaçavam sobre as pessoas. Era a Plaça Catalunya, o ponto mais agitado que já vira na cidade.

Havia lojas imensas, multinacionais, como El Corte Inglés e um Hard Rock Café. E de lá saíam várias *ramblas*! Ela julgara que La Rambla fosse uma só, mas estava descobrindo que eram várias... Enveredou pela mais próxima, que descobriu ser a de Sant Josep, e foi parar diante de um lugar ainda mais apinhado de gente. Numa armação de ferro decorada com um brasão e vitrais coloridos, leu *Mercat de Sant Josep*.

– Claro! – exclamou. – O famoso mercado de La Boqueria!

Havia lido sobre aquele local, um dos tradicionais mercados de rua da Espanha, que provavelmente existia desde a Idade Média e chegou aos dias de hoje como um grande galpão cheio de bancas e lojas em que se pode comprar de tudo – carnes, peixes, verduras, frutas, doces, condimentos... Parou ali e esboçou a fachada, antes de entrar.

O aroma lá dentro era às vezes picante, às vezes salgado, sempre envolvente. Peixe, cravo, canela, orégano, açafrão, manjericão. Ao redor, centenas de vozes se misturavam, ensurdecedoras. Ângela ainda levava na mochila as compras do supermercado – e as sentiu tão pobres, tão pasteurizadas, diante daquela exuberância de cheiros bons e dos produtos perecíveis! Era como se, ao optar pelo supermercado em vez do *mercat*, tivesse escolhido uma rigidez estática em vez de uma vida pulsante.

Tão pulsante, na verdade, que ela tomou um grande susto ao ouvir os berros de uma mulher que acabara de ser assaltada.

A garota não viu nada acontecer, só ouviu os gritos e percebeu a correria de pessoas, uma afobação geral. Lembrou os muitos conselhos de Tatiana para tomar cuidado com assaltos e tratou de sair dali. Viu-se no Carrer de la Boqueria e andou sem rumo por ruelas menores, ainda um pouco assustada, mas satisfeita por afastar-se do agito e por estar andando pela Ciutat Vella de Barcelona... As casas e os sobrados tinham as sacadas com vasos de flores, tal como vira em Madri, mas as ruas ali eram mais estreitas e irregulares, com um jeito tão medieval que a fazia sentir-se numa máquina do tempo. Era como se, a qualquer momento, um cavaleiro de armadura montado a cavalo fosse virar a esquina.

Parou diante de uma parede de pedra imensa que parecia muito, muito antiga. Ao rodeá-la, deu com a placa: *Muralla romana i torres de defensa*. Claro! Barcelona fora fundada pelos romanos, que se estabeleceram por lá uns dois séculos antes de Cristo. Ela não imaginava que ainda houvesse construções deles num estado tão bem conservado! Precisava desenhar aquilo. E o fez, imaginando aquela parede ali há quase dois mil anos...

O próprio nome "Barcelona" vinha de uma fortificação militar romana: Iulia Augusta Paterna Faventia Barcino. Fora construída no Mons Taber, localizado bem naquele local – próximo à Catedral e à Plaça Sant Jaume. No século III, já conhecida como Barcino, a cidade dos laietanos, e bastante populosa, a cidade foi cercada por muralhas erguidas a mando do imperador romano Claudius. Mais tarde, como ocorreu em boa parte da Espanha, foi ocupada pelos visigodos e depois pelos árabes. Mesmo após a reconquista pelos Reis Católicos, havia conflitos entre catalães e castelhanos. Séculos depois, a Guerra Civil Espanhola também maltratou a cidade.

Os barceloneses lutaram contra a Junta de Defesa Nacional do general Francisco Franco. Sofreram com a guerra civil, que duraria uns três anos e custaria mais de meio milhão de vidas. E resultaria na vitória dos nacionalistas e numa ditadura prolongada.

Capítulo III

Ângela agora conferia com os próprios olhos os cenários de fatos que pesquisara antes de viajar, e imaginava os séculos de batalhas que haviam deixado marcas na cidade e na alma dos orgulhosos catalães.

Continuou explorando, e uma das ruas que tomou desembocou na Plaça de la Seu; surpreendeu-se com uma enorme igreja gótica cercada de tapumes e andaimes.

"A Catedral!", concluiu, lembrando-se do que lera num dos livros que Beto lhe mostrara. Havia bancos do outro lado da praça e ela se sentou num canto, ao lado de uma família de turistas italianos que fotografavam sem parar a igreja.

Estava na dúvida se entrava ou não para visitar o templo. A Catedral de Santa Eulália tinha arcos ogivais (enfim!) e diziam ser uma das mais monumentais da Europa. Fora um templo romano, depois se transformara em mesquita muçulmana e finalmente convertera-se em igreja católica. Demorou oito séculos para ser terminada e, a julgar-se pelos tapumes e trabalhadores ali presentes, ainda não estava completa.

O que mais a impressionara no livro foi o que leu sobre a santa padroeira da catedral. Santa Eulália foi uma garota romana de 13 anos que se converteu ao cristianismo e, por isso, foi condenada a ser torturada tantas vezes quantos eram seus anos de vida... A descrição dos suplícios no livro era tão vívida e macabra que ela estremeceu ao pensar que as relíquias da santa – seus restos mortais – estavam ali dentro.

O céu, ainda nublado, mostrava que estava anoitecendo: o calor do dia abandonara a atmosfera, carregado por um vento intruso, e a luz declinava.

Vestiu o blusão e, depois de consultar o mapa, tomou uma rua próxima, à direita, que daria na Via Laietana, onde logo distinguiu o logotipo do metrô – era a estação Jaume I, da linha amarela. Os trens estavam cheios àquela hora, mas ela não se atrapalhou: tomou o trem no sentido Trinitat Nova e desceu na estação do Passeig de Gràcia, onde fez uma longa baldeação para a linha verde. Logo descia na Diagonal e, desta vez, estudou melhor o mapa antes de sair; descobriu que havia uma passagem para a saída chamada Provença, que a deixaria bem mais perto de casa.

"Casa", riu consigo mesma, reclinada na cama, após jantar dois *croissants* e uma maçã regados a água. Aquela não era exatamente sua casa, nem era muito confortável, mas moraria ali pela maior parte do ano; e agora se sentia exausta, mas feliz. Antes de adormecer, ficou imaginando o que Bruno estaria fazendo naquela hora.

Julio, o professor de espanhol – na verdade, seu curso era chamado "Língua castelhana para estrangeiros" –, era um homem de seus 50 anos que falava vagarosamente, para irritação dos alunos mais adiantados e alívio dos novos, como ela. Eram oito jovens, e sete deles já estavam ali há meses: três africanos (dois rapazes e uma garota), dois alemães que aparentavam ter uns 25 anos, uma menina de 18 que lhe foi apresentada como sendo canadense e um rapaz português. Ângela recebeu, ao chegar, uma pasta com algumas lições impressas e se esforçou para acompanhar a parte expositiva da aula. Naquele dia, falava-se sobre o uso de artigos em espanhol.

Aquela explicação veio a calhar, pois Ângela sempre se atrapalhava ao usar *los artículos*. Embora já conhecesse muitas palavras, ficava na dúvida se eram masculinas ou femininas e, portanto, não sabia que artigo colocar. Acontece que nomes como paisagem, desordem e árvore são femininos em português, porém masculinos em castelhano: *el paisage, el desorden, el árbol*. E o contrário também acontecia: sal, leite e sangue, masculinos em sua língua, ao serem traduzidos viravam *la sal, la leche, la sangre*.

Perguntou ao senhor Julio se havia alguma regra para saber o gênero da palavra, e ele disse, com um sorriso, que o jeito era decorar. No entanto, explicou que, em geral, as terminadas em *-aje*, como *garaje, coraje, personaje, aprendizaje*, eram masculinas. A garota ainda anotou em seu caderno que deveria grafar todas elas com "j", não com "g"!

Capítulo III

Ela já percebera, desde sua chegada a Madri, que o espanhol aprendido no colégio nem de longe seria suficiente para se comunicar. Havia muito o que aprender, e não seriam os colegas que a ajudariam... Após o professor apresentá-la, tinham-na cumprimentado com civilidade, mas foi só. No resto do tempo, ela pareceu ser invisível e inaudível.

Ao final da aula, após a distribuição de impressos com muitos exercícios a fazer, ela seguiu o fluxo dos alunos para um pátio interno que não vira antes, onde havia uma pequena lanchonete. O preço do suco de laranja ali era exorbitante, porém havia *tortilla de patatas* e *tapas* a um custo razoável, e ela almoçou lá mesmo, sozinha, repassando as folhas e folhas com lição de casa. Seu colega português, cujo nome ainda não descobrira, também almoçou lá, mas não lhe deu atenção, estava falando ao celular. Ele era muito atraente, tinha olhos azuis faiscantes e um sorriso que a fazia derreter-se...

"Presta atenção nos exercícios, guria", disse a si mesma, voltando os olhos para os papéis. Havia ali muitas palavras que ela não conhecia, precisaria de um dicionário para descobrir seus significados. Ou de acesso à internet, que não tinha na casa de Pilar.

À tarde, teve aula num auditório que, ao contrário do que ocorrera pela manhã, estava lotado. O curso de História da Arte havia começado na semana anterior, e ela perdera algumas aulas. Pela apostila que recebera, descobriu que haviam começado com a arte decorativa no tempo da ocupação romana e com o estilo românico. Segundo o programa, as aulas não seguiam a cronologia comum e pareciam bem interessantes.

– *Buenas tardes* – disse a professora, a *señora* Millagros, ao entrar no auditório. – *Hoy vamos hablar de la influencia árabe en la estética artística española. Los puntos de vista religiosos de los musulmanes influyeron en su arte, y aún hoy vemos el resultado de esa visión en el arte decorativa mudéjar.*

Foi uma aula fascinante para Ângela. Lembrou os exemplos de arquitetura árabe e *mudéjar* que vira em vários edifícios em Madri: arabescos e formas geométricas entrelaçadas, arcos em ferradura e *polilobados* – cheios de lóbulos, formando verdadeiros rendilhados. Nunca havia parado para pensar no porquê desse estilo, até que a professora explicou que ele espelhava as crenças da cultura moura.

"Faz sentido", pensava, enquanto tomava notas do que era dito na aula. "Toda arte reflete pensamentos e sentimentos de uma sociedade... por que não sua fé?"

Para os povos muçulmanos, que seguem os preceitos de seu livro sagrado, o *Alcorão*, não se deve representar seres vivos. Portanto, sua arte não retrata pessoas ou animais, utiliza abstrações – formas geométricas e elementos sinuosos em milhares de variações decorativas. Isso lembrou à garota a comparação que fizera entre o estilo românico e o gótico, nas igrejas. Também os povos cristãos projetavam suas crenças na arte; o estilo românico traduzia uma época em que a religião era mais sombria, fixada nos pecados humanos e na necessidade de o homem curvar-se diante dos poderes celestes. Por isso, as igrejas românicas eram compactas e escuras.

Com o passar do tempo, o estilo Gótico se instalou na Europa como resultado de uma época mais humanista – o homem desejava a elevação espiritual – e suas igrejas começaram a substituir o arco redondo pelo que tem a forma de ogiva. Havia luz entrando nas igrejas pelas rosáceas e vitrais. Arcos alongados, torres e agulhas apontando para as nuvens passavam a sensação de que as criaturas, por meio dos altíssimos tetos de seus templos, buscavam o êxtase religioso, voltando-se para o céu, não mais para a terra.

Os exemplos da decoração *mudéjar*, cheios de formas geométricas, que Beto lhe mostrara na capital, eram trabalho dos mouros que haviam permanecido na Espanha após a reconquista pelos Reis Católicos. Artesãos hábeis, eles utilizaram suas técnicas tanto em construções laicas como religiosas, o que resultaria numa fascinante mistura de estilos.

O sinal de fim da aula interrompeu a linha de pensamentos da garota brasileira e ela ainda ficou no auditório um pouco, anotando vários tópicos que a professora abordara.

Capítulo III

Na saída, viu que muitos alunos iam à biblioteca da escola para usar os computadores. Alguns levavam seus próprios *notebooks*, pois havia conexão sem fio ali. Após perguntar à bibliotecária, Ângela se viu feliz da vida, munida de um código que lhe permitiu, afinal, sacar da bolsa seu pequeno computador e acessar a rede mundial.

Recebera vários e-mails. A professora Ada perguntava se estava tudo bem e pedia que ela enviasse todas as semanas um relatório dos cursos e, se possível, alguns desenhos. Sua mãe contava as novidades do bairro e lhe pedia que enviasse fotografias. Tatiana também havia escrito, perguntou como ia a escola e anexou as fotos que Beto tirara.

Ela respondeu a todos, aproveitando para mandar à mãe sua foto junto à escultura do *Oso* na Plaza del Sol, em Madri. E já ia desligar o *notebook* quando viu chegar uma nova mensagem... e essa era de Bruno.

> *Olá, Ângela. Imagino que estejas conhecendo muita gente e vendo lugares incríveis. Eu estava na dúvida se devia continuar te escrevendo... Sei que saímos juntos só uma vez, mas sinto muito a tua falta! É estranho, moramos perto tanto tempo e só nos aproximamos quando tu estavas indo embora. Sei lá. Espero que não me esqueças e que possamos conversar, mesmo de longe. Ontem encontrei um arquivo de som que me fez lembrar de ti, espero que gostes! Responde, por favor, nem que seja para me mandar parar de te escrever... Bruno.*

Achou a mensagem atípica para um rapaz tão reservado quanto ele. Sentiu-se comovida pelo carinho e, especialmente, pela insegurança que Bruno demonstrava. Mas não conseguiria responder naquela hora; precisava reler o e-mail e pensar no que lhe diria.

Salvou o anexo que ele enviara, desligou o *notebook* e foi para casa. À noite, enquanto fazia uma enormidade de lições de espanhol e jantava mais um *croissant*, clicou no tal arquivo de som. E, ao ouvi-lo, parou tudo o que estava fazendo, sentindo lágrimas aparecerem em seus olhos. Os sons a envolviam num cobertor de lembranças...

Era uma gravação em cravo do "Cânon em ré maior" de Pachelbel.

Amor y deseo son dos cosas diferentes;
que no todo lo que se ama se desea, ni todo lo que se desea se ama.

Miguel de Cervantes Saavedra, *Don Quijote de la Mancha*

Capítulo IV

Ideias fixas

Nos primeiros meses que passou em Barcelona, Ângela às vezes se sentia um Sancho Pança, desejando apenas sobreviver num mundo hostil, sem se preocupar com mais nada. Outras vezes era o próprio Quixote, delirando em torno de ideias fixas. Três delas a obcecavam: a primeira foi a arte de Picasso. Ela já procurava os quadros dele por toda parte antes, mas depois que conheceu o Museu Picasso no bairro de La Ribera, não conseguia ficar muito tempo sem visitá-lo de novo; passou a seguir toda referência ao pintor, buscando mais museus e galerias em que havia obras dele expostas. Sua fascinação era copiar os traços do mestre, tentando entender a intenção por trás das pinturas.

A segunda coisa que não saía de sua cabeça eram os olhos claros de Augusto, o rapaz português que estava em sua sala nas aulas de espanhol. Ele a cumprimentava com um bom-dia com sotaque português que aquecia seu coração, pois eram as únicas palavras em sua língua que ouvia naquela cidade. E a ignorava o resto do tempo. Durante as aulas ficava quieto num canto, tomando notas, e nos intervalos estava sempre falando ao celular.

Capítulo IV

As únicas horas em que a garota não pensava nos belos olhos de Augusto era quando recebia os e-mails de Bruno e os respondia... Aquela mensagem, em que ele se mostrara tão vulnerável, a fizera pescar uma resposta no fundo da alma:

Querido Bruno. Obrigada por teu e-mail tão sincero. Também me sinto assim. Foi tudo muito rápido entre nós, apesar de nos conhecermos por anos. Será possível um relacionamento entre pessoas que estão em dois continentes diferentes? Não sei. Eu nem sei direito quem sou eu, o que quero da vida! Tu tens teu trabalho, tens planos para o futuro. Eu não tenho; vim parar aqui no susto, e só o que eu sei é que gosto de desenhar e preciso continuar aprendendo sobre a história da pintura. E aqui estou diante da arte de grandes mestres. Tenho de me concentrar no curso! Mas não vou pedir que pares de me escrever. Não para, por favor! Com carinho, Ângela.

Claro que ele não parou. Os dois se acostumaram a trocar mensagens eletrônicas a cada dois ou três dias, contando o que sentiam e o que acontecia a seu redor. Apenas nos finais de semana os e-mails dele eram mais longos; ela os lia na segunda-feira, quando voltava à biblioteca, já que só se conectava à internet usando a rede sem fio da escola. E, pelo menos quando lhe escrevia, conseguia não pensar no colega do curso.

A terceira ideia fixa a obcecá-la foi uma igreja que ela descobriu por acaso...

A cada dia de março o frio ia se retirando e o calor envolvia Barcelona. Ela esperava ver ao menos um dia de neve, mas naquele ano não nevou nem em fevereiro nem em março; o único sinal de neve que conseguiu ver foi ao longe, manchas brancas extensas no alto do monte Tibidabo. No Eixample, o ar da primavera já ia tomando conta da atmosfera; as flores aumentavam nas jardineiras e muita gente surgia nas ruas: turistas, naturalmente. A cidade era um dos destinos turísticos mais visitados na Europa inteira. E Ângela entendia por quê: a cada caminhada pelo Passeig de Gràcia ou pelas *ramblas*, ela se sentia mais apaixonada pela capital da Catalunha. Naquele mês, em todas as folgas que teve – e que eram poucas, dada a quantidade imensa de trabalhos que seus professores passavam – ampliava seus domínios da cidade e percorria as ruas da Ciutat Vella, do Barri Gòtic e de La Ribera. Neste último bairro ficava a Carrer de Montcada, onde se localizava o Museu Picasso.

Suas primeiras visitas ao local foram com uma turma de alunos do curso de história da arte, acompanhados pela professora Millagros. O museu oferecia um programa educativo com visitas participativas e dinamizadas para grupos de alunos.

Foi fascinante! Nas semanas em que seu grupo compareceu ao museu – que, descobriu, fora criado por vontade do próprio pintor e recheado com suas doações – ela aprendeu bastante sobre a trajetória do artista. Embora Picasso tivesse nascido em Málaga, na Andaluzia, viveu em várias cidades da Espanha e estudou em Barcelona, pois lá seus pais se fixaram. No museu havia obras de sua juventude, bem tradicionais; o talento precoce com técnicas de pintura clássica lhe valeu o ingresso na famosa escola Llotja, também localizada na Ribera e que existia desde o século XVIII.

Era difícil de acreditar que aquelas pinturas detalhadas e realistas tinham sido feitas pelo mesmo homem que pintara *Guernica*... E o mais emocionante era que, indo de sala em sala, Ângela via sua evolução: de um quase academicismo que retratava o mundo com traços clássicos, ele fora passando por etapas em que suas figuras se esmaeciam, as formas se tornavam angulosas, as cores escapavam aos traços... até que tudo se reduzia às formas geométricas e o Cubismo surgia.

Capítulo IV

Pablo Picasso não iria fixar-se na pintura tradicional.

Após a fase de formação em Barcelona, o fascínio pela arte dos pós-impressionistas franceses o levaria a perseguir as vanguardas artísticas e a fixar residência em Paris. Mas, como ele dissera, *"Barcelona... Allí es donde empezó todo..."*; ali sua trajetória começara, e dali ele saíra para se tornar um dos mais influentes pintores de todos os tempos.

As pinturas cubistas de Pablo e do madrileño Juan Gris, a princípio, lembravam a obra do francês Cézanne: figuras e paisagens retratadas em blocos geométricos de cor. Depois seus quadros foram se tornando **analíticos**, com a desestruturação das figuras retratadas e o fim da perspectiva – tudo aparecia num mesmo plano, cada forma era "quebrada" e analisada em mil pedacinhos.

"Eles libertaram o artista da obrigação de imitar a natureza", Ângela pensou, observando o quadro *Blanquita Suárez*, numa das salas do museu. Sim, era o retrato de uma mulher; mas nada tinha a ver com os retratos clássicos que Picasso fizera na juventude. A retratada estava decomposta, geometrizada, retalhada em formas e cores impossíveis – mas numa composição que agradava aos olhos.

Pelo menos aos dela... sabia que muita gente detestava a arte de Picasso!

Havia ainda obras em que se podia apreciar o Cubismo **sintético**; nesses quadros o pintor tentava sintetizar as figuras, simplificando-as, acabando com a fragmentação que havia antes e usando cores fortes, além de colagens – outra inovação de Picasso.

"É emocionante estar aqui, pisar as ruas em que ele andou, imaginar como ele criou cada desenho, cada quadro...", pensou ela no dia da primeira visita. Havia copiado alguns esboços do mestre numa mostra temporária de obras em papel que havia numa das alas do museu. Um deles era um estudo a lápis para um famoso quadro pertencente ao Museu de Arte Moderna de Nova York, *Moça em frente do espelho*.

Imediatamente se identificou com a retratada... Uma mulher de olhar triste, vista de frente, de perfil e refletida no espelho, pintada em tons de cinza – no quadro original havia vermelhos e verdes, mas o esboço a lápis era todo cinzento. A mulher parecia perguntar-se – como Ângela fazia quando olhava seu próprio reflexo – "quem sou eu?".

Fez dois esboços da mesma obra naquele dia, e, todas as vezes que voltou lá depois disso, aproveitou para fazer mais alguns. Realizava em seus desenhos experiências com luz e sombra, que variavam de acordo com a hora e a iluminação que havia na sala.

Naquele primeiro dia, porém, foram só dois desenhos. E no final da aula, enquanto os colegas compravam lembranças na *tienda*, ela desenhou o pátio do Palacio Aguilar. A professora explicara que aquele era o primeiro dos quatro casarões que abrigariam o museu, a partir de 1963, e Ângela pretendia desenhar todos os recantos dele.

Foi exatamente numa das tardes em que participara de uma das tais visitas dinamizadas, no Museu Picasso, que Ângela encontrou o que seria sua terceira ideia fixa.

Quando os alunos se dispersaram, ela estava morrendo de fome; continuou a seguir a Carrer de Montcada – que, descobrira, era uma das ruas mais antigas de Barcelona. Ali se situavam os palacetes dos ricos na Idade Média... Ia admirando os belíssimos sobrados, e viu um restaurantezinho que a agradou – na verdade, o aroma da comida a atraiu –, e entrou.

Normalmente jantava sanduíches ou *tapas*, mas naquele dia fez uma refeição completa, com *ensalada*, *pollo* e *postre* – sobremesa. Já se acostumara à leve culinária local que, em geral, constava de um "primeiro prato" e um "segundo prato".

Nos últimos tempos, Pilar lhe franqueara espaço na grande geladeira da cozinha, e lá Ângela mantinha leite, queijo, frios, sucos e frutas que comprava na Boqueria ou nos *supermercats*. Como os e-mails da mãe vi-

Capítulo IV

viam lembrando-a de que devia se alimentar bem, fazia questão também de ir a um bom restaurante quando tinha dinheiro suficiente.

Já se habituara a, uma vez por semana, sacar o necessário para sobreviver. No início, o dinheiro acabava depressa demais... Depois foi aprendendo onde comprar mais barato, em quais livrarias encontrava livros com desconto, e passou a guardar o que sobrava semanalmente num cofrinho com chave, encontrado numa loja de *souvenirs*. Pretendia adquirir uma máquina fotográfica digital quando conseguisse juntar euros suficientes.

Ao sair do restaurante, saciada e feliz, pensou em conhecer a praça em que começara a famosa escola em que Picasso estudara, na época chamada Llotja del Mar, e que ela sabia ficar ali por perto. Mas foi parar em outra praça e se viu diante de uma parede de tijolos antiquíssimos, arredondada, com janelas em forma de ogiva.

A grande porta de madeira e ferro a convidava a entrar... Era uma igreja, obviamente, mas, apenas quando se viu lá dentro, ela recordou certas palavras de Beto, ainda em Madri: "a igreja mais bonita de Barcelona é Santa Maria del Mar..."

Por um momento ela se sentiu paralisada, sem conseguir tirar os olhos dos arcos góticos que se cruzavam no teto alto. Havia ali uma luz diferente, difusa, dourada, quase sobrenatural. Vinha de janelas e vitrais, além das velas acesas; e, mesmo não entendendo muito de arquitetura sacra, Ângela podia dizer que havia algo incomum no desenho da igreja. Pouca decoração, uma austeridade agradável e luz – muita luz.

Um olhar rápido ao mapa confirmou que aquela era a Església de Santa Maria del Mar. Em algum lugar devia haver alto-falantes, pois uma distante música coral se espalhava pela longa nave.

A garota se sentou em um dos assentos reservados aos fiéis e hesitou em pegar o caderno e o lápis. Parecia-lhe que desenhar um lugar tão cheio de paz era algum tipo de sacrilégio... De alguma forma, quebraria a magia que sentia agora.

Pois aquela igreja não era como tantas outras que ela visitara. Sentia-se em casa ali, embora nunca tivesse sido muito ligada a templos. Sorriu consigo mesma ao lembrar que seu sobrenome era Delmar, derivado da expressão "do mar", *del mar*...

"Preciso saber mais sobre esta igreja", decidiu quando a luz começou a baixar e ela percebeu que a noite caía sobre Barcelona. Levantou-se e ainda percorreu toda a nave antes de deixá-la. Por que se sentia tão bem ali? Mais um enigma para ela...

Saiu do lado oposto ao que entrara, numa praça bastante movimentada – viera pela porta traseira, que dava para o Oeste – e viu a fachada frontal de Santa Maria: tipicamente gótica, a entrada em arcos, colunas com figuras esculpidas, a roscácea decorada e as janelas em forma de ogiva. A pedra das paredes era mais clara que a que revestia a igreja nos fundos.

Anoitecera. Precisava ir para casa, pois o professor Julio exagerara nos exercícios de espanhol naquela manhã, e ela imaginava que demoraria horas com eles. Apressou o passo para a estação Jaume I, sabendo que voltaria àquele local.

Muitas vezes.

Não esperava que sua fixação pela igreja fosse alimentada justamente por uma outra ideia fixa: Augusto. No dia seguinte, na hora do almoço, ela foi à biblioteca e começou a folhear um livro sobre igrejas góticas. Acabara de encontrar um artigo de bom tamanho sobre a de Santa Maria, quando ouviu a voz dele atrás de si:

– Então descobriste os encantos da Catedral do Mar...

Surpresa por o colega ter tomado a iniciativa de conversar, e ainda em português, já que costumava ignorar sua existência, Ângela retrucou:

– Que eu saiba, Santa Maria del Mar não é uma catedral.

Ele sorriu e pegou um livro na estante próxima, mostrando-lhe:

Capítulo IV

– É uma basílica – disse, como se ela devesse saber a diferença entre basílicas e catedrais. – Mas um escritor catalão escreveu sobre ela e esse é o nome do livro...

O volume que ele lhe mostrava era um romance chamado *La Catedral del Mar*. A garota o pegou, ansiosa. Tomaria emprestado na biblioteca junto com o outro, sem dúvida. Porém, não queria se mostrar interessada demais no que ele dizia. Disfarçou.

– É bonita. Aqui diz que é um dos exemplos mais puros do Gótico Catalão.

– Escrevi um ensaio sobre ela no ano passado, em um curso livre que fiz na Universitat de Barcelona – disse ele. – Foi construída no século XIV sobre um cemitério romano. Era uma igreja dos trabalhadores, erguida com dinheiro das guildas da época. Marinheiros e mercadores eram devotos de Nossa Senhora.

Ângela não sabia direito o que eram guildas, achava que tinha algo a ver com as associações de trabalhadores na Idade Média, mas depois descobriria. Sorriu para ele:

– Obrigada pelas informações.

– Não por isso – ele sorriu de volta, com um arzinho superior. – Mas devias esquecer Santa Maria e estudar a Sagrada Família...

Teriam conversado mais, se o celular dele não tivesse tocado bem naquela hora. Sem despedir-se, ele atendeu e saiu da biblioteca, já falando.

– *Não por isso...* – Ângela resmungou, imitando a voz dele com o indisfarçável sotaque de Portugal. Mal-humorada, foi pedir à bibliotecária para retirar os livros.

A fascinação que sentira pela igreja só cresceu, depois que leu o romance sobre sua construção, patrocinada pelos trabalhadores de Barcelona – eles carregavam nas costas as pedras que a formaram e que ali estavam, assentadas há séculos.

Acostumou-se a ir até Santa Maria toda semana... Não ia para rezar ou acender velas, como tantas pessoas que via por lá, nem mesmo desenhava;

apenas se sentava num canto, olhava as altas colunas e a luz que entrava, deixando-se envolver pela paz daquela atmosfera. Ali ela não tinha dúvidas, não se sentia perdida, invisível ou confusa. Em Santa Maria del Mar não havia enigmas... a não ser um: por que motivo se sentia tão bem ali?

O conselho de Augusto a incomodava: ele insinuara que a igreja Sagrada Família a agradaria mais que Santa Maria. Porém, embora tivesse ficado fascinada com a fachada das casas de Gaudí no Passeig de Gràcia, e estivesse curiosa sobre aquela igreja em especial, ainda não conseguira visitar suas construções. Tinha muita lição acumulada: além das normais, o professor lhe passava semanalmente as lições que perdera, já que começara o curso de castelhano com atraso.

Seus fins de semana eram corridos e os aproveitava para fazer compras, pois os mantimentos logo acabavam; o dinheiro da bolsa não era suficiente para comer em restaurantes todo dia. Economizava bastante fazendo seus próprios lanches e continuava guardando os euros que sobravam no cofrinho. Também tinha de lavar sua roupa. A senhora Pilar deixava que ela e Nadja – a estudante mais velha que morava lá – usassem sua máquina de lavar roupa e sua secadora, mas ela custou a descobrir como funcionavam e como dobrar as roupas, que saíam bem amassadas nas primeiras lavagens.

Foi a própria Nadja que a ensinou; apesar de tê-la julgado um tanto séria demais, descobriu que a moça era apenas tímida e tinha um bom coração.

– *También me confundió mucho la lavadora cuando vine a vivir aquí* – disse-lhe ela, um dia, ao ver a garota brasileira perplexa diante dos estranhos botões da máquina.

Foi em conversas na área de serviço, ao redor das cestas de roupa lavada, que Ângela e Nadja, aos poucos, se tornaram amigas. A primavera se

Capítulo IV

instalara em Barcelona e o calor aumentava dia a dia quando trocaram as primeiras conversas.

Nadja estudava Antropologia Social na Universitat de Barcelona. Estava já no segundo ano de estudos e, desde que se mudara para lá – sua família era de San Sebastián de los Reyes, município situado ao norte de Madri –, estudava também o catalão. Explicara a Ângela que seu nome significava "esperança" e, mesmo que algumas pessoas dissessem que ele tinha origem eslava, seus pais juravam que fora tirado do *Alcorão*, o livro sagrado muçulmano. Embora fossem católicos, seus avós diziam ser descendentes de mouros, o que não era de se estranhar – muitas famílias espanholas possuíam sangue árabe.

Quando, certa noite na sala de TV, Nadja viu que Ângela estava lendo *La Catedral del Mar*, contou-lhe algumas curiosidades arquitetônicas sobre Santa Maria.

– *¿Sabías que la estructura de la iglesia es perfecta? La nave principal tiene trece metros y las dos laterales tienen exactamente la mitad, seis metros y medio...*

Também lhe explicou que a largura da igreja era igual à altura das naves laterais e que as proporções perfeitas da igreja a faziam admirada desde sua construção. Nem mesmo o incêndio ocorrido em 1936, que destruiu suas imagens e decorações, acabou com tanta admiração: após ser restaurada, a basílica permaneceu simples e sem enfeites no interior. Isso a deixou mais austera e ainda mais apreciada.

Depois daquela conversa, num sábado à tarde Ângela voltou a Santa Maria, curiosa para observar as tais dimensões perfeitas e ver se era isso que a atraía. Contudo, saber as medidas não fez a menor diferença. A magia permanecia: Santa Maria del Mar não a fascinava por causa de sua arquitetura ou sua história, era algo indefinível que a fazia ir lá; o porquê da própria fascinação permanecia um enigma e ela decidiu não tentar decifrá-lo.

Na tarde em que tomou essa decisão, deixou a igreja e foi andando pelas ruelas do Barri Gòtic, sem pressa de voltar para casa – uma pilha de

IDEIAS FIXAS

exercícios a esperava –, até que passou por uma galeria que já admirara, e expostos nela viu alguns dos desenhos em lápis sobre papel que, semanas antes, estavam na exposição temporária do Museu Picasso.

Lera num dos cartazes do museu que aquelas obras seriam levadas a Madri dali a alguns meses, como parte de uma retrospectiva sobre Picasso e o Cubismo, mas não imaginava que ficariam em uma galeria na cidade até lá. De qualquer forma, logo encontrou o estudo de que mais gostava – o esboço da futura *Moça em frente do espelho* – e sacou caderno e lápis para desenhá-lo. Já o fizera muitas vezes no museu, mas ali a luz estava diferente, e fascinava-a analisar a obra sob diferentes formas de iluminação.

"Tô ficando maluca, acho", riu de si mesma e de suas ideias fixas, quando terminou o desenho e saiu, sentindo sobre si o olhar suspeitoso de um dos seguranças da galeria. Prometeu a si mesma voltar ali em outro horário, para desenhar sob outra luz.

No dia seguinte, que era domingo, saiu logo após o café e foi comer uma *tortilla de patatas* na bodega ao lado. Ali eles faziam a melhor que já provara.

Viu pelo vidro da janela Nadja passar na rua, com uma enorme bolsa a tiracolo, e acenou para ela. A moça entrou e foi se sentar a seu lado.

– *¡Ah!* – exclamou ela – *¡La famosa tortilla que tanto aprecias!*

Ângela pediu uma fatia para a amiga e perguntou aonde ia naquele domingo. Estava um belo e quente dia de primavera, com céu azul e sol, prometendo bastante calor.

– *A la Sagrada Familia. Voy a tomar fotografías para una exposición en la universidad. Este año mis estudios incluyen un análisis de la obra de Gaudí...*

A garota brasileira engoliu o último pedaço de seu lanche e pediu:

– *¿Puedo acompañarte?*

Explicou que ainda não conhecia a igreja, o que deixou Nadja escandalizada. O Temple Expiatori de la Sagrada Família era o primeiro ponto turístico que todo estrangeiro visitava em Barcelona.

75

Capítulo IV

Tomaram o metrô juntas na Diagonal e desceram duas paradas depois, ainda na linha azul, na própria estação Sagrada Família. Passava pouco das nove horas, mas já havia uma fila considerável para entrar. As duas se postaram no final da fila e esperaram. Ângela havia pesquisado na internet semanas antes e sabia que a tarifa para estudantes era mais barata, mas mesmo assim ficava em torno de dez euros.

– *¿Lo qué sabes acerca del Temple?* – Nadja perguntou.

– *Muy poco* – respondeu Ângela.

Ela sabia que Antoni Gaudí era o mais famoso arquiteto da Catalunha, que suas obras eram consideradas modernistas e que as casas cujas fachadas vira, La Pedrera e Casa Batlló, eram lindas e estranhas, com suas linhas curvas e cores inesperadas. A igreja que via a seu lado era uma obra imensa, inacabada, que tivera início há mais de cem anos – em 1882 – e ainda estava longe de ser terminada.

Augusto lhe dissera para estudá-la em vez de fixar-se em Santa Maria, o que ela achara muito antipático. Nadja declarou à estudante brasileira que iria apresentá-la a um mundo que conhecia bem e que suas reações poderiam ser interessantes para o trabalho que fazia na faculdade. Ângela riu. Que reações a outra esperava dela?

Por fora, percebera que a igreja era muito alta, mas havia tantos guindastes e tapumes ocultando detalhes da arquitetura que não se impressionara demais. Porém, ao passar pelas grandes portas, estranhamente cobertas por palavras do evangelho em alto relevo, já percebeu que aquela não era uma igreja normal.

Não estava preparada para o impacto do que ia ver.

De repente, estava com Nadja dentro da nave principal e não conseguia parar de olhar para cima. Era como se tivesse entrado em uma nave espacial, das que a gente vê nos filmes de ficção científica. Um espaço colossal em tons beges e amarelos, colunas altíssimas semelhantes a – o quê? – troncos de árvores? Palmeiras? No alto, muito alto, abóbadas e arcos que pareciam surgir do nada e pairar sobre as pessoas, desafiando a lei da gravidade. E por toda parte, curvas, bolotas, estrelas, folhas e flores e bichos esculpidos em pedra atestavam a genialidade (ou seria loucura?) do artista que idealizara tudo aquilo.

Ângela caminhou pela nave por mais de meia hora, parando para ver os vitrais multicoloridos que despejavam manchas de luz nas colunas e abóbadas, estacando diante de esculturas de caracóis, lagartos, cobras e tartarugas que surgiam nos pontos mais improváveis. Havia também cenas bíblicas – o templo, afinal, contava a história de Jesus desde o nascimento até a morte, por meio das estátuas –, mas havia cantos inacessíveis, com dezenas de trabalhadores em andaimes mexendo em detalhes da construção. Aquele era, antes de tudo, um canteiro de obras. Monumental, imenso, mas um canteiro de obras.

Esqueceu-se totalmente de que estava acompanhada, até que percebeu Nadja a fotografá-la. A garota parecia divertir-se muito com seu espanto.

– ¿*Qué piensas?* – perguntou-lhe a amiga, a certa altura.

"Que Gaudí não era só um visionário, era literalmente louco de pedra...", pensou ela, sem saber o que responder. Sua expressão, porém, era resposta suficiente.

– *Ven* – Nadja propôs. – *Hay escaleras allí.*

Sim, havia escadas. Havia também um elevador, para turistas dispostos a pagar mais alguns euros pela comodidade. Ela, contudo, não se importou em subir a pé e seguiu a outra moça, que conhecia o local muito bem.

Foram subindo por escadas circulares que pareciam estar dentro das colunas, envolvidas na loucura de pedaços entrelaçados de abóbadas e arcos.

Andaram até ficar com as pernas doendo e, às vezes, paravam em plataformas ou janelas – aberturas irregulares rasgadas na pedra – para Nadja fotografar.

Quando cansaram de subir, pararam em um quase terraço que lhes proporcionava uma visão privilegiada de Barcelona. A um lado viam, para lá da parede esculpida com mais figuras bíblicas plantadas em superfícies irregulares, o bairro do Eixample, com seus quarteirões octogonais e suas

Capítulo IV

praças exuberantemente arborizadas. Olhando para a outra direção, viam novas torres monstruosas sendo construídas na igreja e, além delas, o lado oposto da cidade, dominado pela estranha e moderna Torre Agbar.

"Quanta coisa ainda tenho de conhecer nesta cidade!", suspirou Ângela, massageando as pernas doloridas.

Andaram mais um pouco, agora descendo por outro lado, em degraus encravados no que parecia um túnel em espiral – que dava a sensação de estarem dentro de um dos caracóis esculpidos –, e pararam em outra janela para Nadja fotografar as pessoas, formiguinhas lá embaixo. Ângela reparou nos ornamentos das torres. Lembrava-se de a amiga ter dito que havia várias delas já prontas, mas que seriam 18 um dia. A decoração de algumas cúpulas mostrava bolotas empilhadas, pintadas em cores alegres, e tudo isso se misturava a ícones cristãos: a cruz, a rosa, as palavras em latim ou catalão. Tudo ali tinha um significado oculto, planejado por Gaudí: a construção era, além de um santuário, um livro sagrado entalhado em pedra e concreto!

Ao fundo da paisagem, divisava uma das montanhas ao norte da cidade, o monte Tibidabo. No alto do monte ficava o Temple del Sagrat Cor, o Sagrado Coração. De uma janela voltada para a direção oposta, via outro morro que estava ansiosa para visitar: Montjuïc.

Quando finalmente chegaram ao térreo e a amiga guardou a máquina fotográfica na bolsa, saíram em um pátio onde Ângela buscou um local para se sentar. Ambas precisavam descansar as pernas... Estavam diante da fachada da Natividade e podiam ver a loucura que era aquilo.

Nadja continuou dando explicações. Disse que haveria três fachadas, quando o templo estivesse terminado. A da Natividade fora construída sob os olhos do próprio Gaudí; a fachada da Paixão só foi iniciada após sua morte e, apesar de seguir seus projetos originais, mostra o estilo distinto do escultor Josep Maria Subirachs, bem mais moderno e que lembrou a Ângela algumas pinturas do brasileiríssimo Portinari. A fachada da Glória fora começada há pouco tempo e não estaria finalizada tão cedo.

– Será que um dia a construção vai terminar? – perguntou, esquecendo-se de falar em castelhano.

– *Dicen que en 2026,* – respondeu Nadja, que entendera perfeitamente; já estava se acostumando a conversas bilíngues com a outra – *pero no lo creo. La Sagrada Familia es eterna... no se va terminar nunca. ¡Ahora aún se está restaurando lo que fue dañado durante la Guerra Civil!*

Depois que descansaram um pouco, foram visitar o museuzinho local, onde Ângela se extasiou diante do desenho original de Gaudí para a construção, e viram restauradores em sua oficina realmente refazendo pedaços de colunas e esculturas danificadas. Ângela começou a concordar com a amiga: aquilo nunca teria fim.

Quando finalmente deixaram o Temple Expiatori, foram sentar-se na Plaça Gaudí, do outro lado da rua. Estava quente naquela hora; Ângela comprou duas garrafinhas de suco num *mercat* próximo, e Nadja tirou de sua grande bolsa um pacote com sanduíches. Lancharam em silêncio, sem conseguir tirar os olhos daquilo que a brasileira não conseguia mais considerar uma igreja. Enquanto a outra comia um chocolate extraído de sua inesgotável bagagem, sacou o caderno de desenho e se pôs a esboçar a fachada. Havia outras pessoas ali desenhando, então não se sentiu muito tímida.

O desenho foi rápido e não deu para colocar muitos detalhes mas, como sempre, ela esperava terminá-lo à noite, na casa de Pilar.

Voltaram a pé pelo Carrer de Provença, sem pressa e comentando os detalhes da construção. Nadja lhe mostrou as fotos que tirara e deu muitas explicações sobre como a geometria da natureza fora usada na arquitetura e nos ornamentos do *temple*. Plantas, pétalas de flores, folhas de árvores e palmeiras, cavernas, cascas de caracóis, colmeias de abelhas; Gaudí se inspirara em muitas imagens naturais para desenhar aquilo... sem esquecer os próprios animais. A abordagem de seu trabalho para a faculdade seria de que a Sagrada Família era, antes de tudo, uma celebração da criação, um hino à natureza.

Capítulo IV

Separaram-se no Passeig de Gràcia; Nadja ia para casa, descarregar as fotos no computador e escolher as que levaria à faculdade no dia seguinte. Mas Ângela estava entusiasmada demais para ir junto. Conferiu a bolsa e viu que podia gastar mais um pouco; decidiu ampliar a imersão na obra de Gaudí.

– *Voy a La Pedrera* – explicou.

E desceu a avenida até a casa que fora construída e mobiliada pelo arquiteto catalão. Estava fascinada por aquele homem genial e ficou lá até que escureceu e uma chuvinha incômoda começou a cair.

No dia seguinte, segunda-feira, passou o intervalo das aulas na biblioteca, descrevendo suas impressões para a mãe. O maior e-mail foi para Bruno: contou-lhe com detalhes a visita às duas famosas atrações de Barcelona. Terminou dizendo:

> *Um sentimento me invadiu agora que descobri Gaudí: paixão. Nunca imaginei que se pudesse ser tão louco e construir obras tão grandiosas. A Sagrada Família, para mim, não é uma igreja: é um disco voador, um recado para alienígenas, um monumento colossal que reflete o quanto a gente é pequeno neste mundo e o quanto a mente da gente pode viajar. Na visita à Pedrera, a Casa Milà, deu para sentir mais ainda a excentricidade desse homem. Tudo bem, é uma casa modernista, tem características nítidas da arte dessa época, o começo do século XX, detalhes em Art Déco. Mas passa a sensação de que Gaudí não era deste mundo... Vai ver que ele tinha visões do futuro, sei lá. No terraço da casa tem umas chaminés que parecem gente – não, parecem robôs! Eu não conseguia parar de pensar nos filmes de Guerra nas estrelas, com os stormtroopers, os clones de armadura branca. Dava a impressão de que eles eram chaminés, prontos*

pra sacar suas armas pra atirar em mim... Loucura, não é? Mas não conta pra ninguém que eu disse isso! Não preciso que achem que sou maluca, eu já me sinto doida o suficiente.

Bruno leu sua mensagem na papelaria, quando estava fechando o caixa. Sentiu uma pontada aguda de saudades no peito. Como gostaria de largar tudo e ir atrás dela... Ver monumentos maravilhosos, entender de arte como ela entendia.

Naquele momento, já era noite na Espanha. E Ângela fora se recuperar das emoções do dia anterior em Santa Maria del Mar, o lugar em que suas inquietações e enigmas desapareciam. Precisava de uma pausa de Gaudí. A Sagrada Família era maravilhosa, mas não se tornaria mais uma ideia fixa. Era paixão, não amor. Ela se contentava em estar ali, num espaço que amava e que era uma de suas fixações, porém ao menos lhe dava paz.

O único pensamento alienígena que se intrometeu foi de que Augusto era lindo como as obras de Gaudí, mas Bruno lhe dava a tranquilidade da basílica. Algo que podia amar sem sobressaltos.

Só deixou a igreja quando a fome a pressionou a ir para casa jantar.

No te conoce nadie. No. Pero yo te canto.
Yo canto para luego tu perfil y tu gracia.

Federico García Lorca, *Alma ausente*

CAPÍTULO V

Espelhos

O mês de junho estava chegando, e com ele viria o verão.

A primeira coisa que Ângela fazia ao levantar-se, todos os dias, era olhar-se no centenário espelho sobre a cômoda e analisar o que via. Com desagrado. Não gostava de seu perfil. Não via nenhuma graça em seu rosto. Seus cabelos tinham crescido bastante, e ela agora usava presilhas para conter sua exuberância. O clima quente e úmido que aumentava, dia após dia, ajudava as madeixas a rebelarem-se; mesmo assim, ela não queria cortá-las. Estava pouco ligando para a aparência.

"Não estou aqui pra arrumar namorado", pensava. O único rapaz que a interessara, Augusto, continuava a ignorá-la; e, apesar das dúvidas que tinha sobre Bruno, ainda tinha esperanças de namorá-lo quando voltasse ao Brasil. Só então é que pensaria na aparência.

Ela e Bruno continuavam a trocar e-mails ao menos uma vez por semana. Falavam sobre arte, fatos externos acontecendo em suas vidas, Ângela narrava seus passeios; porém não entravam em assuntos íntimos ou emocionais. Era mais seguro...

Capítulo V

Assim como era seguro não pensar demais no que via diante de si, no espelho. A garota já tinha o bastante com que se preocupar, sem precisar analisar o que desejava da vida ou o que faria após o final do curso.

Não estava sendo nada fácil passar nas avaliações do professor Julio. Os testes eram difíceis, as redações eram complicadas, e ela se sentia como se não fizesse quase nada, desde que chegara, a não ser conjugar verbos.

Os verbos a estavam deixando maluca, especialmente no departamento dos pretéritos. *Pretérito perfecto, imperfecto, compuesto...* Ela sempre se atrapalhava e se questionava, diante das perguntas do professor:

"¿Y ahora, qué digo?"

Digo. Dizer. Decir.

Yo digo, yo dije, yo decía, yo he dicho. No futuro, yo diré...

Os regulares podiam ser conjugados de forma bem parecida aos verbos em português. Mas os irregulares!... E os verbos reflexivos, aqueles que precisam de pronomes, eram outro desafio.

Em espanhol, no infinitivo o pronome "se" era agregado ao verbo: *despertarse, levantarse, alegrarse.* Na conjugação, os pronomes reflexivos variavam de acordo com a pessoa, e aí Ângela se embaralhava toda.

– *Alegrarse. Yo me alegro, tú te alegras, él se alegra, nosotros nos alegramos, vosotros os alegrais, ellos se alegran...*

Sempre terminava as lições suspirando de cansaço mental. Era difícil alegrar-se na Espanha! Literalmente.

As aulas de história da arte também estavam complicadas. A professora queria frisar o trabalho de artistas catalães, e era difícil descobrir o que os diferenciava dos outros espanhóis. Haveria pontos específicos na arte da Catalunha, que reuniriam os pintores, escultores e arquitetos sob um único rótulo? Ou cada artista era um mundo à parte, com suas próprias pesquisas e projetos, que independiam de serem catalães?

Picasso, por exemplo, era um enigma. Muito ligado à Catalunha, dissera que, para ele, tudo começara em Barcelona. Porém, na verdade, era andaluz e seu desenvolvimento em direção a uma arte de vanguarda se dera em Paris, sob a influência de impressionistas e pós-impressionistas. Seu quadro mais famoso, que marcava o início do Cubismo, estava na América e tinha título francês – *Les demoiselles d'Avignon* –, e sua pintura mais emblemática retratava uma cidade do País Basco, *Guernica*. Picasso não era apenas andaluz, catalão, espanhol: era um artista que transcendia fronteiras e estilos. Apesar de tudo isso, para Ângela, sua arte possuía um indescritível e indefinível sabor da Catalunha.

Continuara a ir à galeria na Ribera para desenhar o estudo a lápis de *Moça em frente do espelho*. Já tinha mais de 30 esboços dele, feitos em diferentes dias, sob diferentes luzes e sombras. Cada vez que aparecia lá, sentia os olhares desconfiados dos seguranças, mas decidira ignorá-los.

Por que motivo continuava fascinada por aquele desenho? Outro enigma. Às vezes, quando se olhava no espelho do quarto ou nas vitrines das *tiendas*, via-se na mesma posição em que Pablo retratara seu modelo, Marie-Thérèse: o braço distendido para a moldura oval, o olhar triste que tanto podia se dirigir ao espectador como ao espelho.

Não custara a achar nos livros o nome da retratada. Picasso era famoso por ter tido muitas mulheres; Marie-Thérèse Walter foi sua companheira por pelo menos 16 anos, embora quando a conhecesse ele fosse casado com Olga Koklova, de quem se separou, mas nunca se divorciou. Na obra dele, os retratos de Marie-Thérèse são marcantes, assim como ele foi marcante na vida das que o amaram. Ela recebeu de Picasso muitas cartas de amor... e quatro anos após a morte do pintor, suicidou-se. Era 1977.

A sombra do suicídio parecia evidente a Ângela, quando olhava os retratos de Marie-Thérèse. E a identificação que sentia com ela a assustava. Muito.

Já se havia habituado à cidade, depois de quase quatro meses. Era um hábito exterior, porém; por dentro, continuava a se sentir alienígena e dolorosamente solitária. Mas havia compensações: com a aproximação do verão, as temperaturas estavam mais parecidas com as do Brasil, e

Capítulo V

ela pôde aposentar os casacos, luvas, gorros e cachecóis. Por outro lado, Barcelona se mostrava cada vez mais lotada de gente.

A temporada turística se anunciava e às vezes, em museus, igrejas, praças e ruas, Ângela tinha de parar e esperar passar os grandes grupos de turistas, para ir em frente. Muitos seguiam guias com bandeirinhas e até megafones, outros usavam camisetas coloridas para não se perderem. Os cidadãos catalães pareciam irritados com tantos estrangeiros em suas terras, porém os comerciantes deviam amá-los, pois os turistas eram consumistas ao extremo.

Já a garota brasileira não tinha nada de consumista. Namorava as roupas, bolsas e sapatos nas butiques, fuçava nas lojas de *souvenirs* e explorava as livrarias, mas pouco comprava. Tinham-lhe dito tantas vezes que a vida na Espanha havia encarecido demais, depois que o euro se tornou a moeda do país, que ela só gastava o estritamente necessário. Ou, talvez, isso fosse um reflexo da vida difícil que ela e a mãe sempre haviam levado.

Graças a essa economia extrema, numa sexta-feira em que foi guardar no cofrinho o excedente da semana, descobriu que tinha economizado bem mais do que imaginava: tinha o suficiente para comprar a câmera que tanto desejava, e ainda sobrava! Não perdeu tempo: antes que se arrependesse da decisão, pegou o dinheiro e foi direto para uma loja que Nadja lhe indicara, entre o Eixample e o Centro. Saiu de lá extasiada com a aquisição, uma Nikon bem pequena e que tirava fotos digitais com excelente definição.

Saiu fotografando as ruas por onde passava e imaginando aonde iria no dia seguinte para inaugurar a câmera com estilo. Estava em seu quarto copiando as primeiras fotos no *notebook* quando alguém bateu à porta.

Era Nadja e parecia animada.

– *¡Mira lo que mi madre me envió!* – exclamou, segurando algo vermelho.

Mostrou um biquíni que, embora não tivesse o design tão ousado quanto o dos maiôs brasileiros, era de uma *griffe* conhecida e ela podia apostar que o corpo esbelto da amiga seria realçado ao usá-lo.

– *¡Te quedarás muy hermosa con ese bikini!* – assegurou.
– *¡Tal vez, pero tienes que venir conmigo a la playa domingo!* – foi a resposta.

Ângela ainda não tinha ido passear nas praias da cidade. Ouvira tantos relatos sobre assaltos a estrangeiros à beira-mar, que não se aventurara a ir sozinha para aquelas bandas.

Não podia, contudo, recusar o convite da única amiga só porque a necessidade de segurança a mantinha restrita aos bairros já explorados.

No dia seguinte, sábado, acordou antes do sol, checou as lições de castelhano – fizera todas – e suspirou diante do novo trabalho pedido pela professora Millagros. Precisava escolher um artista catalão e escrever sobre sua biografia.

Quando ia vestir-se para ir tomar café, resolveu experimentar um maiô que sua mãe colocara na mala. Por coincidência, era do mesmo tom de vermelho do biquíni de Nadja. Mas a imagem no espelho não a agradava. Emagrecera, sim, porém ainda estava acima do peso ideal. Ergueu um braço para ajeitar a moldura oval do espelho e estacou, assombrada. Era realmente a mesma pose de Marie-Thérèse no quadro *Moça em frente do espelho*! Até a barriga, fora de forma, parecia desenhada por Picasso... O olhar triste era o mesmo.

Teve ímpetos de jogar o espelho no chão. Quem era ela, afinal? Quem era a moça em frente ao espelho? Ângela Delmar, a brasileira estudando na Espanha, afastada da casa que era sua, da mãe, da faculdade, de Bruno? Era a nova Ângela, que passeara livre por Madri, que voara sozinha para Barcelona, que falava um castelhano passável e para quem Augusto sorrira, ao menos uma vez?

Ou... seria uma cópia malfeita de Marie-Thérèse, com uma estranha fixação por Picasso, e que a imagem do espelho parecia atrair para um fim macabro?

Capítulo V

"Preciso desenhar", pensou, livrando-se do maiô. Quando tomava o lápis e criava imagens sobre uma folha em branco, todas as preocupações sumiam, as frustrações não a incomodavam, sua imagem no espelho era esquecida. Desenhar era *tudo de bom*.

Bateu os olhos no mapa da cidade, aquele mesmo que Tati e Beto lhe haviam presenteado, e tomou uma decisão.

– Vou para Montjuïc!

Sabia que no parque, situado no alto daquele morro, havia museus, jardins, um estádio olímpico, uma fortaleza; muita coisa bonita para ver, fotografar e desenhar. Ali, encontraria também material para o trabalho que tinha de realizar.

Tomou um bom café, preparou uma bolsa de tamanho médio com algum dinheiro, um lanche reforçado e uma garrafinha de água bem gelada, apontou os lápis de desenho e pegou um bloco novo – o anterior já estava cheio, e mais da metade eram as cópias do Picasso.

Conferiu se a bateria da máquina estava carregada e saiu. Já estudara o caminho a fazer: iria pela própria linha verde, a mais próxima, para a estação Paral-lel.

Lá havia um tal funicular que levava ao alto do morro.

Da própria estação ela podia pegar o funicular com o mesmo bilhete do metrô. Era um trem estreito que subia por um túnel, algo bizarro para quem nunca havia andado em tal meio de transporte. O mesmo trem que subia depois descia com passageiros.

Em poucos minutos, Ângela estava no alto do morro e analisava um folheto que pegara em uma *oficina de turismo* fazia algumas semanas.

Havia tantos lugares a visitar em Montjuïc que ela hesitou. Mas, pela proximidade, resolveu primeiro ir à fortaleza.

Seguindo o mapa, tomou o Carrer dels Tarongers e acompanhou a curva até dar na Carretera de Montjuïc, onde entrou à direita. Foi uma caminhada rija e era subida, mas ela precisava mesmo fazer exercício e cansar-se para apagar a imagem vista no espelho. Não demorou muito e, lá adiante, viu a placa que anunciava o Museu Militar Castell Montjuïc.

O folheto turístico dizia que naquele morro houvera uma colônia celtibera – dos celtas da Península Ibérica –, e que depois os romanos ergueram ali um templo a Júpiter. Provavelmente o nome Montjuïc viera do latim *Mons Jovis*, o "Monte de Júpiter". Outra ideia era de que ali existiu um cemitério judaico, e o nome seria uma variação de "Monte dos Judeus". A única certeza era de que a edificação fora erguida como forte no século XVII, transformada em castelo no XVIII, e servira de prisão até acabar como um museu militar, inaugurado pelo general Franco e remodelado nas últimas décadas.

A entrada era grátis: o castelo agora pertencia ao município e abrigava atividades culturais. Ângela tirou muitas fotos – a vista era incrível, e o domingo de sol ajudava –, mas não se demorou por lá. Ainda tinha muito o que ver.

Voltou pelo Carrer dels Tarongers e tomou à esquerda em algumas ruas, para ir dar na Avinguda de Miramar. E foi sair quase em frente à próxima parada: a Fundació Joan Miró.

Na bilheteria, pensou até em adquirir um Articket Barcelona, que custava 22 euros e dava direito a entrar em sete museus; porém, como ela já fora ao Museu Picasso e à Casa Milà, incluídos no ticket, decidiu comprar apenas o ingresso individual.

Não pensava em escolher Miró para fazer o trabalho de história da arte, mas percorreu a fundação com prazer. Só o moderníssimo prédio já era uma obra de arte: construído em 1975 pelo arquiteto Josep Lluís Sert, abrigava bom número de obras do pintor, escultor, gravador e ceramista barcelonês.

Miró, nos livros, era definido como surrealista; mas suas pinturas e esculturas estavam muito distantes do que pintara, por exemplo, Salvador Dalí. Ângela pegou o caderno de desenho e começou a fazer esboços de algumas obras e de alguns recantos da fundação. No interior, não era permitido fotografar as obras, mas os terraços e jardins estavam liberados para fotógrafos.

Capítulo V

Ela foi revisitando a obra de Miró, que começara com pinturas expressionistas, passara por uma fase cubista e desaguara numa decomposição das formas em pontos, traços, manchas. Era a abstração absoluta! "Esse cara foi um grande irônico", pensou, analisando certa escultura num pátio: um corpo de mulher, com pernas vermelhas de manequim e pedaços de metal reaproveitado, pintados de azul, amarelo e vermelho, formando a parte de cima do corpo. Fotografou-a, desenhou-a e escreveu à margem:

> *A arte de Miró oscila entre o figurativo e o abstrato nas diversas fases de sua produção. Algumas pinturas parecem hieróglifos, símbolos – o que é bem surrealista, remetendo a imagens do inconsciente. Mas outras obras parecem um deboche, uma sátira da sociedade. Ele possuía uma técnica de composição clássica, dá para perceber, mas às vezes passa a sensação de que só queria zombar da seriedade dos críticos de arte...*

Depois de explorar todos os cantinhos da fundação, sentiu fome, mas não o suficiente para atacar o lanche que trouxera. Resolveu ir ao restaurante e tomar um café. Havia bastante gente e custou a ser atendida, mas conseguiu um *cappuccino* que saboreou numa mesinha no terraço, cercada por plantas e esculturas.

Saiu de lá satisfeita e levando folhetos sobre Miró para estudar mais tarde. Algumas nuvens escondiam o sol, o que diminuía um pouco o calor. Tomou a Avinguda de Miramar e entrou no Passeig de Santa Madrona, que foi dar ao lado de sua próxima parada: o Palau Nacional, onde ficava o MNAC, Museu Nacional d'Art de Catalunya.

Deu uma volta até descobrir a entrada do museu e comprou o ingresso, que custava 8,50 euros. Pegou um guia de visita impresso e o analisou. O que ver primeiro?

O MNAC possuía um acervo de mil anos de arte espanhola – mais focada na Catalunha, porém ampliada para artistas de fora. Ela decidiu, afinal, fazer o óbvio: revisitar a arte em ordem cronológica. E, para sua alegria, em vários pontos era permitido tirar fotos, desde que não se usasse *flash*.

Após meia hora de visita, não acreditava como ficara quatro meses em Barcelona sem ter visitado aquele museu. Era uma celebração, uma descoberta inacreditável.

Os afrescos de arte românica – placas de pinturas religiosas em paredes, trazidas de igrejas cristãs dos séculos XI, XII e XIII – já a fizeram sonhar: eram exibidos em réplicas das capelas, que a transportavam ao passado.

As obras de arte gótica, renascentista e barroca eram maravilhosas e bem restauradas. Havia os artistas óbvios, até italianos e flamengos, além dos espanhóis que ela apreciara em Madri – El Greco, Zurbarán e Velázquez. Mas foram os modernos que lhe despertaram a atenção. Não tanto Picasso ou Gaudí, que já conhecia um pouco, mas os catalães. Apaixonou-a em especial a arte de Ramon Casas, que ela até então só conhecera pelas palavras da professora.

Um quadro em especial a interessou: *Corpus. Sortida de la processó de l'església de Santa Maria*. Era a **sua** praça, a **sua** igreja, que Casas pintara ali; uma multidão saindo de Santa Maria del Mar para a procissão de *Corpus Christi*. A habilidade com que ele retratara as pessoas do povo e a fidelidade em mostrar a praça e a igreja capturaram sua imaginação. Tinha um favorito, agora, entre os artistas catalães.

"Mais. Preciso conhecer mais de Ramon Casas", decidiu.

Deixou o Palau Nacional após visitar a Sala Oval, um espaço de eventos e auditório monstruoso de tão grande, com uma arquitetura singular e abrigando um órgão enorme.

Capítulo V

Agora sim, estava com fome. Encontrou um banco bem ali ao lado, abrigado entre árvores, e depois de comer seu lanche aproveitou para fazer um esboço de algumas das cúpulas do palácio entre os galhos das árvores. Daí voltou a estudar o mapa.

Tinha tantas opções de passeio em Montjuïc... mas a tarde avançava, e não podia fazer tudo. Resolveu ir ao Poble Espanyol, que aos sábados abria até as cinco da tarde.

Foi descendo as escadarias e deixando o morro, pela frente do palácio. Era uma vista maravilhosa. As escadarias eram margeadas por jardins e *escaleras electrónicas*, escadas rolantes que subiam o morro. Lá embaixo via-se a Avinguda de la Reina Maria Cristina, que dava numa grande fonte circular. No fundo, a Plaça Espanya e, do outro lado da cidade, o monte Tibidabo – agora já sem a cobertura branca da neve de fevereiro.

Antes de chegar à fonte, entrou à esquerda, na dúvida se o caminho seria por ali mesmo; passou em frente ao Pavilhão Mies van der Rohe, construção dedicada ao arquiteto alemão, remanescente da Exposição Internacional de Barcelona que aconteceu em 1929. Depois, tomou à direita e foi parar na entrada do Pueblo, que em catalão se chama Poble. Comprou o ingresso – estudantes pagavam menos de sete euros –, passou pela Puerta de San Vicente e foi passear no grande parque.

Ali havia réplicas de casas e praças típicas de várias regiões da Espanha. Por um tempo a falsidade das casas a incomodou – eram cenários, e a faziam pensar nos parques temáticos tipo Disney. Viu restaurantes, lojas, atividades para crianças e muita gente tirando fotos, fazendo o lugar todo parecer uma grande festa. Afinal, decidiu fazer de conta que nada daquilo era falso e aproveitar para conhecer pedaços da Espanha que, sabia, não teria como visitar naquela viagem. Começou a desenhar recantos: ora uma igreja românica, ora uma torre *mudéjar*, ora uma casa de Extremadura, ora um pórtico típico da Andaluzia...

Ficou tão entretida esboçando detalhes arquitetônicos que, quando olhou para o relógio, viu que passava das sete e meia da noite e a fome começava a atormentá-la. Com a chegada do verão, escurecia mais tarde.

Foi voltando para a Plaça de la Font, junto à *puerta* por onde entrara, e onde parou para tomar um refrigerante e comprar mais uma garrafinha de água. O calor do dia amainara, mas sentia-se desidratada. Comeu o último sanduíche que sobrara e uma maçã; então se preparou para voltar pela avenida Maria Cristina e ir ao metrô da Plaça Espanya.

Havia muitos turistas pela avenida, parecendo esperar por alguma coisa. Ela estranhou um pouco, até se lembrar de algo que lera na internet... eram quase oito da noite, e a fonte que vira antes era a famosa Font Màgica de Montjuïc! Parou num dos patamares, na descida, e viu quando o espetáculo de som e luzes começou.

Música instrumental soava, às vezes entremeada por canto. E as águas da fonte jorravam ao ritmo da música, iluminadas por luzes de todas as cores... Repuxos subiam, desciam e dançavam, ao som dos instrumentos e vozes. Era magnífico!

Cada vez chegava mais gente, e o espetáculo se tornava mais exuberante... Ângela deixou-se embalar pelas luzes e cores. Atravessou os grupos compactos que assistiam ao espetáculo. Afinal suspirou, deu adeus à fonte mágica e foi descendo a escadaria; as *escaleras eletrónicas* só funcionavam para subir. Lembrava-se de ter lido que aquele show acontecia no verão às quintas, sextas e fins de semana e que terminava à meia-noite.

Na Plaça Espanya, sentiu-se tentada a entrar no Arenas, o shopping center moderníssimo que haviam instalado na estrutura *neomudéjar* de uma antiga *plaza de toros*; via-se muita gente entrando e saindo, e ela ouvira dizer que a arquitetura era inovadora. Mas estava exausta, achou melhor deixar aquele passeio para outro dia.

Tomou o metrô ali perto, na direção Trinitat Nova e, oito estações depois, chegou à Diagonal-Provença. Correu para casa o mais depressa que as pernas lhe permitiam; tinha mais de cem fotos para descarregar e havia esgotado um bloco de desenho inteirinho.

CAPÍTULO V

No dia seguinte aconteceria o planejado passeio à praia com Nadja. Por felicidade, dormiu pesadamente. Ao acordar, bem cedo, a maratona do dia anterior só se manifestava como uma certa rigidez nas pernas: andara demais!

As duas se encontraram na cozinha para o café da manhã – a *señora* Pilar não estava por perto, mas deixara o café preparado, como sempre – e saíram para La Barceloneta, após prepararem o lanche do dia. Nadja ia com o biquíni sob o vestido; Ângela optou por uma bermuda e uma camiseta sem mangas. Depois de ter experimentado o maiô no dia anterior, nada que a outra dissesse a faria vesti-lo. Usando chapéus, imprescindíveis sob o sol, que naquele domingo amanhecera mais forte que no sábado, foram para a Diagonal.

Desceram na própria linha verde do metrô, na estação Drassanes. Teria sido melhor fazer baldeação para a linha amarela e descer nas paradas Barceloneta ou Ciutadella, mas Nadja cismara que queria uma foto junto ao *Monumento a Colón* e insistiu para pararem ali. Pouco mais de uma quadra abaixo, postaram-se diante da impressionante coluna de 60 metros, que ostentava no alto a escultura em bronze de Colombo – ou Cristóbal Colón, como o descobridor é chamado ali. Enquanto Ângela fotografava a amiga de biquíni vermelho junto à base da estátua, cheia de figuras em bronze e pedra, Nadja explicava que aquele fora o primeiro monumento que vira ao chegar a Barcelona, e a impressionava porque tinha sido bem ali, no porto da cidade, que os reis Fernando e Isabel receberam o navegador em 1493, quando ele voltou de sua primeira viagem à América. Por isso a homenagem com a torre, erguida no fim do século XIX. No alto havia um *mirador*, onde se podia chegar pelo elevador dentro da coluna.

Estavam diante do Port Vell; hoje, uma marina ocupa o local do antigo porto da cidade, totalmente remodelado pouco antes dos Jogos Olímpicos de Barcelona, em 1992. Ângela viu a Rambla de Mar, a moderníssima ponte que leva ao Maremagnum, um shopping sofisticadíssimo bem próximo ao Aquàrium de Barcelona.

Enveredaram pela Ronda del Litoral e seguiram margeando a marina, o Puerto Olímpico e a Villa Olímpica, construída para os atletas dos jogos; local onde hoje há um shopping, um cassino e muitos restaurantes. Uma escultura estranha marca o local: o Peix, que Ângela fotografou de tudo quanto foi jeito. Ao longe, parecia mesmo um peixe. Vista de perto, era apenas uma estrutura de metal entrelaçado.

A praia era bem diferente das brasileiras. As meninas entraram areia adentro e foram sentar-se sobre as cangas que haviam trazido. A areia, grossa e de cor forte, não lembrava em nada a branca e fina encontrada em nosso litoral. Embora houvesse muita gente, não havia crianças jogando bola, como no Brasil.

Algumas mulheres faziam *topless*; era esquisito vê-las sem a parte de cima do biquíni! Mas como ninguém parecia achar aquilo estranho, a não ser ela, Ângela fingiu que não se incomodava e ficou apenas apreciando o cheiro de maresia e o sol; tinha-se protegido até a alma com filtro solar.

"Estou tomando sol no Mediterrâneo", ela repetia, cada vez que fotografava o mar verde e convidativo. Nadja, que queria estrear seu biquíni vermelho e queimar-se, não estava interessada na água. E Ângela nunca fora fã de banhos de mar; mas, de qualquer forma, foi até as águas supergeladas e molhou os pés e as mãos.

Sentia-se encantada ao lembrar que povos ancestrais haviam navegado por aquele mesmo mar; não apenas os marinheiros barceloneses ou os romanos mas também os mais antigos – egípcios, fenícios, gregos... – e não podia esquecer que Colombo aportara bem ali.

Quando começou a ficar quente demais, as duas foram em busca de sombra. Sentaram-se sob palmeiras perto do Carrer de la Marina, compraram garrafinhas de água mineral bem gelada e tomaram seu lanche.

Capítulo V

Não muito longe, um músico de rua tocava trompete: o repertório era música latina, boleros, mambos. Depois de comer, as duas passearam um pouco, Nadja fazendo questão de ignorar os olhares masculinos que a cobiçavam; de fato, a roupa de banho a tornava muito atraente, e Ângela se congratulava por ter vindo à praia vestida com mais discrição.

Tinham decidido parar numa sorveteria ali em frente, onde havia mesas e guarda-sóis enormes, quando o inesperado aconteceu. Uma voz conhecida chamou:

– Nadja? Ângela?...

Um rapaz se aproximava. O coração da Ângela disparou ao reconhecer Augusto, andando junto à calçada e empurrando uma bicicleta.

– *¡Hola!* – disse-lhe a amiga, com um sorriso surpreso.

Parecia tão espantada quanto Ângela; nenhuma das duas sabia que a outra o conhecia. Foram sentar-se juntos nas mesas da sorveteria, e ele fez questão de pagar sorvete para ambas. Conversaram em castelhano, embora ele às vezes deixasse escapar uma ou outra palavra em português.

A brasileira descobriu que Augusto era natural de Lisboa. Estava na cidade havia dois anos e conhecera Nadja quando fizera o tal curso livre na universidade em que ela estudava. Mas somente naquele ano se decidira a estudar castelhano para valer e aí se tornara colega de Ângela. Ele morava no Poblenou com outros estudantes que esperavam fazer faculdade na Espanha e todos os sábados alugava uma bicicleta para se exercitar ali.

Ângela descobriu também, pelos olhares que ele lançava e por algumas observações que fazia, que devia ter uma queda por Nadja, uma paixonite não correspondida. A amiga sempre deixara claro que estava em Barcelona para estudar, não queria se envolver com rapazes. Uma vez contara que tinha um namorado de adolescência em San Sebastián de los Reyes, e que sempre que ia para casa ambos reatavam o namoro.

Os sorvetes – italianos – eram deliciosos, mas Ângela mal aproveitou o fato de estar tomando sorvete diante do Mediterrâneo num dia maravilhoso. Seu coração se apertava e sua autoestima encolhia ao sentir-se quase invisível ao lado da garota de biquíni vermelho.

Finalmente ele se despediu com um beijo no rosto de cada uma; foi embora e as duas resolveram voltar para casa. Continuaram pelo Carrer de la Marina, passaram entre duas enormes torres comerciais, saíram na Plaça dels Voluntaris e foram tomar o metrô na estação Ciutadella. Pouco conversaram, mas quando já estavam instaladas num trem da linha amarela, Nadja confidenciou:

– *Augusto es un buen tipo, pero no debes confiar en él.*

– *¿Por qué?* – Ângela indagou, perplexa.

A amiga, contudo, não respondeu, apenas sacudiu a cabeça e pescou a garrafinha de água na bolsa. Ainda estava gelada.

– *¿Quieres?*

Aquela noite não foi tão tranquila quanto a anterior. Ângela acordou de madrugada e custou a dormir. Não conseguia esquecer o brilho nos olhos de Augusto ao fitar o corpo de Nadja no biquíni vermelho. Tentou pensar em outra coisa, planejar o dia seguinte, mas sempre voltava a recordar o rosto dele.

A segunda-feira amanheceu com uma chuva que esfriou o ar e deu uma cara cinzenta às ruas do Eixample. Ela foi à escola levando um guarda-chuva dobrável que comprara por cinco euros numa loja de *souvenirs*, enquanto pensava que precisava desenhar o esboço da *Moça em frente do espelho* num dia de chuva, coisa que ainda não fizera.

Resolveu fazê-lo naquele dia, pois saíra mais cedo da aula de castelhano e tinha um bom tempo antes de voltar para a clase da tarde. Tomou o metrô para a estação Jaume I, pensando em passar numa loja de materiais artísticos para comprar um novo bloco de desenho; aproveitaria para ir até Santa Maria del Mar depois.

Capítulo V

Contudo, assim que se aproximou do Barri Gòtic, percebeu carros de polícia parados nas ruas estreitas; suas luzes brilhavam fantasmagoricamente no dia chuvoso.

Foi abrindo caminho entre muitos curiosos e estacou na esquina da galeria que costumava visitar. O vidro da grande janela – que tantas vezes lhe servira de espelho – estava estilhaçado, e um policial montava guarda junto aos cacos de vidro. Ângela viu que uma garçonete do café da esquina, onde lanchara várias vezes, estava conversando com o homem; quando a moça voltou para seu trabalho, foi atrás dela. Entrou no café, pediu um *croissant* e um suco. Então dirigiu-se à garçonete.

– *¿Qué pasó? ¿Por que hay policías en la calle?*

A moça ia responder em catalão, mas logo corrigiu para castelhano:

– *Ese policía, lo sé, dijo que ocurrió un robo en la galería en la madrugada. Había cuadros valiosos que se llevarían a Madrid hoy.*

Um arrepio passou por todo o corpo de Ângela. Ela sabia que alguns desenhos de Picasso dos acervos de Barcelona fariam parte de uma homenagem ao pintor na capital.

– *¡Qué horror!* – comentou. – *¿Todos cuadros han sido robados?*

Mas a garçonete sacudiu a cabeça em negativa.

– *Sólo uno, y la policía no sabe por qué.*

E foi atender outro cliente, deixando Ângela com uma sensação esquisita.

Diante dela, no café, havia uma parede espelhada, com lâminas decorativas recortadas em ângulos diversos. Olhou para lá e viu-se refletida em muitas facetas... retalhada, como num quadro cubista. Várias Ângelas no espelho, todas sentadas ali, prestes a comer um *croissant*; cada uma vista de um ângulo, sob uma luz diferente, olhando em direções variadas. Uma pálida, outra avermelhada, uma com o rosto alongado, outra com os cabelos despenteados...

E várias refletidas de novo em mais lâminas de espelho, formando um moto-perpétuo de rostos de Ângelas, que se refletiam dez, cem, mil vezes.

Algumas daquelas Ângelas eram atraentes, outras eram narigudas, outras gordas, outras finas como lâminas, mas todas estavam apavoradas. Ela via isso em cada reflexo, em cada pedaço de espelho. E entendia o porquê.

De alguma forma, ela sabia qual quadro havia sido roubado.

*La existencia de la realidad es la cosa más misteriosa,
más sublime y más surrealista que se dé.*

Salvador Dalí

CAPÍTULO VI

O real e o surreal

Aquilo não estava acontecendo de verdade. Devia ser um sonho!

À tarde, Ângela faltou à aula de história da arte. Sua única falta no ano inteiro... Disse à *señora* Pilar que não estava se sentindo bem e se trancou no quarto por algumas horas. Foi mexer nas gavetas da cômoda, ultimamente bem desorganizadas, em busca de todos os desenhos que fizera naqueles meses.

Vários deles – os que retratavam atrações turísticas – estavam reunidos numa pasta; ela os digitalizava na biblioteca da escola e mandava alguns para a professora Ada, vários para a mãe e os mais caprichados para Bruno. Eram seu "diário de bordo", já que abandonara de vez a escrita do diário de verdade. Mas as cópias de obras de arte, feitas nos museus, estavam espalhadas.

Acabou achando 42 desenhos do estudo a lápis de Picasso, uns mais detalhados, outros apenas esboçados, feitos em dias diferentes. Não conseguia apagar a certeza de que aquele é que fora o trabalho roubado. Mas como o ladrão agira? Havia alarmes na galeria e seguranças profissionais. Um dos guardas costumava olhar feio para ela, a garota estranha que ia lá sempre

101

Capítulo VI

olhar o mesmo quadro. E por que roubariam apenas um desenho se havia gravuras e óleos de vários artistas?

Afinal, sem conseguir acalmar-se, foi para a sala e ligou a televisão. Assistia muito pouco à TV desde que estava na Espanha; umas três ou quatro noites Nadja a chamara para ver um filme ou documentário. Mas sabia que Pilar às vezes via noticiários à tarde. Passou por vários canais e, afinal, encontrou um que transmitia em castelhano, e era exatamente a notícia que lhe interessava. Uma repórter dizia:

— ...*La policía empezó la investigación, pero aún no se sabe por qué robaron solamente un cuadro: un valioso dibujo a lápiz, que Picasso hizo tal vez como un estudio antes de pintar su famoso cuadro* Mujer ante el espejo. *El cuadro está en Nueva York, pero el dibujo, que pertenece a la colección particular de la galería, sería cedido al Museo Picasso para uma exposición temática y sería trasladado a Madrid esta semana.*

"Eu sabia", refletiu, ao desligar a televisão e voltar ao quarto.

"Mas como é que eu sabia?"

Procurou ver o lado lógico da coisa. Um desenho de Picasso alcançaria preços enormes no mercado de arte. De todas as obras que vira na galeria, aquela devia ser a mais valiosa. Talvez por isso seu subconsciente concluíra tratar-se do objeto roubado.

Mesmo após chegar a essa conclusão, não sossegou. Lembrava os suspiros impacientes dos funcionários do Museu Picasso nos vários dias que fora lá para desenhar e se plantava na frente das obras expostas. E os olhares de suspeita dos seguranças da galeria. Podia apostar que, agora, todos eles se lembrariam da garota maluca que tinha fixação por aquele desenho... Desconfiariam dela. Se as investigações da polícia na vida real fossem como nos filmes policiais, ela seria a suspeita número um do roubo!

Num ataque de pânico, enfiou todos os desenhos num grande envelope de papel pardo e os colocou no fundo da gaveta onde guardava a roupa de baixo. Ninguém precisava saber que ela tinha 42 cópias de um Picasso roubado.

O REAL E O SURREAL

Agoniada por não ter com quem conversar a respeito daquilo – a *señora* Pilar não lhe dava muita atenção, os professores podiam achar que estava implicada no roubo, e ainda não confiava tanto assim em Nadja para contar-lhe –, ela remoeu o assunto por alguns dias, antes de resolver mandar um e-mail para Bruno. Mas afinal escreveu-lhe, contando por alto o que acontecera, e encerrou dizendo:

> *Será que tive algum tipo de premonição? Por que roubariam justamente o desenho que me interessava? Agora nem penso em passar por lá e rever os funcionários do museu e da galeria, com medo de que me culpem. Será que estou ficando paranoica? Não consigo acreditar que tudo isso é uma enorme coincidência.*

Viu a resposta dele no dia seguinte, quando se conectou à internet.

> *Querida Ângela, te preocupas à toa. Sempre vejo notícias sobre quadrilhas internacionais especializadas em roubos de quadros famosos. Se os ladrões queriam um desenho de Picasso, a melhor chance que teriam seria roubar esse, que é supervalioso e estava na galeria, provavelmente menos segura que o Museu Picasso ou o de Madri, para onde ele iria. Coincidências acontecem, sim! O fato de que tu adoravas o tal desenho não tem nada de premonição, só mostra que tens bom gosto para arte...*
>
> *Esquece essa história e continua estudando, que tu ganhas mais.*

Capítulo VI

Palavras tão sensatas a acalmaram, afinal. Claro que tudo era só uma coincidência! E ninguém poderia desconfiar que ela, uma estudante de intercâmbio, tivesse alguma coisa a ver com bandidos internacionais. Ainda mais porque vivia na maior simplicidade, sobrevivendo com a mesada básica da bolsa de estudos e morando num quarto modesto na casa de Pilar! Bruno estava certo. Devia concentrar-se nos estudos.

Naquela noite, em seu quarto, relembrando o e-mail dele antes de dormir, percebeu ainda uma coisa. Era a primeira vez que ele a chamara de *querida...*

O verão pleno chegou com um calor úmido, quase insuportável, que ao menos era contrabalançado pela brisa que vinha do mar. A cidade fervilhava com turistas, e também aumentara o número de estudantes em busca de cursos de férias. A casa de Pilar ficou cheia do dia para a noite com novos hóspedes: um grupo de jovens americanos, alguns mochileiros do norte da Espanha e uma família holandesa. Nadja entrara em férias da faculdade e fora para casa, em San Sebastián de los Reyes, fazendo Ângela prometer que iria passar ao menos um fim de semana com ela.

Mas a brasileira só teria três semanas de férias do curso de história da arte e uma única semana do curso de língua castelhana.

O trabalho sobre Ramon Casas ficou bom; ela pesquisara a biografia do pintor e fizera uma análise de suas obras, em especial das cenas de rua em Barcelona. Entretanto, sua escrita em castelhano ainda deixava a desejar. Com dúvidas quanto ao uso das preposições e dos verbos compostos, acabava escrevendo sempre períodos simples, banais. Millagros lhe deu uma nota média, o que a decepcionou bastante.

– *El texto que escribes sigue siendo demasiado simplificado* – disse-lhe, antes de as aulas terminarem. – *Debes ampliar el vocabulario y profundizar en el análisis del arte.*

Deu-lhe um trabalho de férias, um desafio: escrever sobre o Surrealismo. E, na Espanha, em especial na Catalunha, Surrealismo era quase sinônimo de Salvador Dalí.

Claro, era impossível não compará-lo a Miró; este, um surrealista tão abstrato quanto Dalí era figurativo. E, embora tivessem sigo ligados (foi Miró que convenceu o pai de um jovem Salvador a deixá-lo estudar arte numa academia em Madri, da qual acabaria expulso em 1923), pouca afinidade havia entre seus processos artísticos.

Talvez o ponto de contato fosse o choque que os quadros de ambos causavam no público. Ao estudar sua biografia, Ângela percebeu que Dalí se especializou em chocar, escandalizar; se em Miró ela descobrira ironia, em Salvador encontrava um sarcasmo tão desenfreado que tornava séria a constatação do absurdo que é a vida.

O Surrealismo surgiu oficialmente em 1824, com um manifesto do escritor André Breton – em Paris, claro. Tudo no mundo da arte acontecia em Paris. O objetivo do movimento, literário ou pictórico, era abrir a porta ao irracional: o inconsciente devia ser explorado; o mundo dos sonhos, revelado em todo o seu absurdo.

Dalí levou essa tendência às últimas consequências. Como possuía uma técnica clássica de pintura, desprezava o abstracionismo e era capaz de retratar coisas e pessoas com precisão fotográfica; usava essa técnica para criar cenas perturbadoras e provocativas.

Foi amigo do cineasta Luis Buñuel e do escritor García Lorca, e o grande amor de sua vida foi Gala, que era esposa de um dos membros do grupo surrealista, Paul Éluard. Ela se divorciaria do marido para casar-se com Dalí, e a união com uma divorciada fora um dos motivos para o pai expulsá-lo do convívio familiar.

Já a sua recusa a se alinhar politicamente com os surrealistas, que eram declaradamente de esquerda, os fez expulsá-lo também do movimento. O que não o preocupou nem um pouco. Dalí era uma verdadeira metralhadora giratória: ironizava toda a sociedade e seus heróis em imagens e textos.

Capítulo VI

Tratava com um humor negro ferino tanto Guilherme Tell, como Lênin ou Hitler.

A arte do catalão irreverente e egocêntrico, com seu bigode exótico, caiu no gosto dos americanos e dos parisienses; ele ganharia tanto dinheiro que Breton passaria a chamá-lo de "Avida Dollars" – um anagrama com o nome do pintor.

Um fato que aborreceu Ângela foi haver tão poucas obras de Dalí nos museus da cidade. Como ele nascera e morrera em Figueras, boa parte de sua produção se concentrava nesse município, que distava uns 140 quilômetros de Barcelona. E, enquanto ela não conseguia uma brecha para ir até lá e conhecer o Teatro-Museu Dalí, teria de se contentar com as imagens dos livros. Para sua alegria, um dia os estudantes americanos comentaram, durante o *desayuno*, que havia uma liquidação de livros de arte numa loja da Plaça Catalunya. Foi até lá e encontrou um volume sobre Dalí por apenas nove euros!

Ao analisar detalhadamente os quadros reproduzidos no livro, tinha a impressão de que o pintor havia capturado pedaços da própria perplexidade da garota diante da vida. Era como se ele tivesse pintado o caos interior e o inconsciente confuso de Ângela Delmar. Não era o mesmo sentimento que lhe suscitara a *Mujer ante el espejo* de Picasso; aquele a fizera sentir-se como Marie-Thérèse. Não se identificava com os retratos de Gala feitos por Dalí, e sim com as obras mais loucas, instigantes, as que tinham o clima de sonhos.

Seus preferidos foram duas reproduções que lhe desencadearam sensações desencontradas.

No quadro *El sueño*, de 1937, numa paisagem desértica, via-se ao longe uma estranha construção. Do outro lado, um pequeno vulto de costas e um de frente, com cara de cachorro; e, em primeiro plano, uma imensa cabeça humana com o pescoço derretendo, suspensa em muletas, ou forquilhas. Aliás, as tais muletas eram uma ideia fixa em seus quadros, assim como ovos fritos, gavetas, pães, relógios... Aquela pintura a perturbava e a fascinava ao mesmo tempo.

"Pelo menos não sou só eu que tenho ideias fixas", ela refletiu, lembrando os 42 desenhos do original de Picasso escondidos em sua gaveta.

Sua outra obra preferida intitulava-se *Dalí de espaldas pintando a Gala de espaldas, eternizada por seis córneas virtuales provisionalmente reflejadas por seis espejos verdadeiros*. Obra inacabada, pintada entre 1972 e 1973, mostrava Dalí pintando a esposa, ambos de costas, mas com os rostos visíveis em um espelho pendurado na parede.

Espelhos refletindo espelhos.

Sempre se sentia atraída pelos espelhos...

Perturbador? Sim, mas ao menos a preocupação com o Surrealismo a impedia de prestar atenção aos noticiários, que continuavam martelando nos ouvidos dos barceloneses o caso do Picasso roubado. A polícia parecia estar perplexa e não ter pistas.

A maior parte daquele mês, ela passou pesquisando para o trabalho sobre Dalí e tentando livrar-se dos incessantes exercícios de castelhano – quando acabava uma pilha, professor Julio aparecia com uma quantidade maior ainda! Sua dificuldade mais recente eram os pronomes relativos e as orações subordinadas. *El que, los que, la cual, lo cual, cuyo, a quien...* Sempre se atrapalhava quando precisava escolher quais pronomes usar.

Bruno esteve curiosamente calado naquela época. Depois de aconselhá-la por uns dias, ele mesmo se complicara em uma discussão com o tio. Escreveu a ela sobre isso apenas uma vez, antes de sumir por várias semanas.

> *Temos discutido muito sobre minhas ideias de fazer vendas pela internet. Meu tio é desses homens antigos, que nunca admitem que estão errados. Estou cansado de aturar os discursos dele. Não sei se vale a pena continuar trabalhando aqui. De que me adianta estudar técnicas de marketing, se o máximo que vou conseguir fazer nesta droga de loja é botar uma cartolina na vitrine e escrever "grandes ofertas" com caneta hidrocor?*

Capítulo VI

Ela lhe escreveu, sugerindo que não tomasse nenhuma decisão precipitada, mas não teve resposta. Então resolveu continuar concentrando-se na gramática, para não pensar muito. E, bem naquela semana, na classe, percebeu Augusto fitando-a disfarçadamente.

"O que será que ele quer?", indagou-se, intrigada. Logo descobriria; numa sexta-feira, na hora do almoço, estava usando a internet na biblioteca – enviando um relatório para Ada sobre suas últimas avaliações – quando ele se materializou a seu lado.

– Eu estive pensando – disse, sem nem mesmo dar-lhe um bom-dia –, tu não fizeste umas cópias daquele desenho, o Picasso que foi roubado?

Ela sentiu um estremecimento de medo. Então ele notara? Será que mais alguém se lembrava de vê-la desenhando o estudo a lápis? Tentou responder com naturalidade.

– Desenhei muita coisa no Museu Picasso. Aquele também. Por quê?

Ele apenas sorriu aquele sorriso sedutor, que ainda fazia seu coração amolecer.

– Por nada. Só estava imaginando... Não é nada importante. *¡Vale!*

E saiu da biblioteca tão repentinamente quanto havia entrado.

Foi naquele mesmo dia que a garota recebeu um e-mail da amiga de Madri, Tatiana. Uma agradável surpresa, e um convite que achou irrecusável.

Ângela, adoramos receber os últimos desenhos que você fez, são lindos! Mas estamos com saudades. O que acha de nos encontrarmos no meio do caminho entre Madri e Barcelona? Vamos passar o domingo em Zaragoza e, se quiser vir conosco, vai ser uma delícia. O Beto quer fotografar a Aljafería e eu quero andar sem compromisso pela cidade, para relaxar um pouco. Vi umas ofertas boas de passagem de trem, hoje...

O REAL E O SURREAL

Ela enviara o *link* de um site de turismo oferecendo bons preços para o AVE, o trem espanhol de alta velocidade. Ângela estava doida para passear nele; entrou no site e não resistiu, comprou as passagens *on-line*. Depois mandou uma confirmação aos amigos e aguardou a resposta, que não demorou. Iriam se encontrar num café na estação ferroviária de Zaragoza, domingo, o mais cedo possível.

Foi para casa feliz da vida, já esquecida do estranho olhar de Augusto, e mal podia esperar até que o domingo chegasse.

Saiu de casa tão cedo que ainda estava escuro. Em Sants, precisou tomar um *cappuccino*, de tanto que bocejava; afinal, mais acordada, encontrou a plataforma de embarque da Renfe. E ficou boquiaberta quando mostrou a um rapaz da companhia ferroviária a passagem – aquela que comprara via internet e que fora impressa na biblioteca da escola – e ele indicou o *carro* em que embarcaria. Ela nem havia notado que a oferta que aproveitara era para uma passagem *preferente*, praticamente de primeira classe!

O design do trem era tão moderno que lembrava uma cápsula espacial. Entrou, sentou-se em sua poltrona, mais confortável e espaçosa que a de um avião, e ficou maravilhada ao ver os atendentes lhe oferecerem jornais e um café da manhã farto como os que sua mãe preparava, em casa... Até seria exibido um filme para ajudar a passar o tempo!

Foi quase uma hora e meia de viagem até Zaragoza. Ela aproveitou para desenhar algumas paisagens que via pela janela e o interior do vagão. Nunca se sentira tão confortável num trem, deslizando suavemente, sem solavancos, e numa velocidade impressionante – dizia-se que o AVE chegava a atingir 300 quilômetros por hora!

Desceu na estação Delicias (o nome sugeria tanta coisa!) e foi procurar a cafeteria que fora marcada como ponto de encontro. Aproveitou o tempo

109

Capítulo VI

de espera para desenhar o saguão da estação, mas nem teve tempo de terminar o esboço; logo viu Tati e Beto se aproximando. Haviam acabado de chegar de Madri e acenavam para ela.

Depois de muitos abraços e troca de notícias, deixaram a estação e saíram em uma grande e movimentada avenida. Estava um dia lindo em Zaragoza, com sol e céu azul; segundo Tatiana, ali só chovia um dia por ano. Ângela olhou ao redor.

– Não vamos pegar o metrô?

– Quem dera! – Tati soltou uma gargalhada. – Não tem metrô em Zaragoza.

– Não dá pra construir nada subterrâneo aqui – Beto esclareceu. – Sempre que escavam o chão, encontram ruínas dos tempos dos romanos.

Contou a ela que, em 1972, uma construtora ia erguer um prédio na Calle de la Verónica, mas, assim que iniciaram as escavações para os alicerces, encontraram não apenas uma ruína mas um teatro romano inteirinho! O projeto do prédio teve de ser abandonado e em seu lugar, hoje, há um sítio arqueológico e um museu. Descobriu-se que o teatro foi construído no século I, quando os romanos fundaram a cidade.

"Acho que eles fundaram metade da Europa!", pensou a garota.

A seu pedido, Beto contou algo sobre a história do município, enquanto caminhavam pela Avenida de Navarra. Zaragoza é hoje a quinta maior cidade da Espanha e é a capital da Comunidade Autônoma Aragonesa. Seu nome original era Cesaraugusta, em homenagem ao imperador romano Augusto, considerado seu fundador. Foi de Cesaraugusta que derivou o nome Zaragoza.

Os romanos construíram suas muralhas e se estabeleceram ali por muito tempo. No século VIII, a região foi dominada pelos árabes, que a renomearam como Medina Albaida Sarakosta. Seria retomada pelos cristãos em 1118, pelo rei Alfonso I, tornando-se então a capital do Reino de Aragão. E no século XV, reinaria ali Fernando II, aquele mesmo que se casaria com Isabel de Castela.

O REAL E O SURREAL

Quando já haviam caminhado por volta de um quilômetro, contornaram a Plaza de la Ciudadanía e chegaram à Avenida de Madrid. Dali já se podia ver as torrinhas de tijolo marcando o primeiro monumento da cidade que iriam visitar: o Palacio de la Aljafería.

Ela o desenhou, é claro: a fachada imponente, com seis torres redondas, e lá dentro uma torre mais alta, quadrada, a Torre del Trovador, que era o resquício mais antigo do conjunto arquitetônico. Uma lenda envolvia aquela torre e deu a base para a história da ópera *O trovador*, de Verdi.

Beto comprou entradas para os três, com direito a visita guiada – custava três euros por pessoa – e lá se foi ele fotografando tudo o que podia, enquanto Tati e Ângela seguiam a senhora que dava explicações nos espaços abertos ao público. A garota brasileira descobriu que aquela era considerada uma das primeiras construções hispano-muçulmanas da Espanha; a base da torre era anterior ao século IX e, na época do domínio árabe, por volta do século XI, ali foi o palácio do rei Abu-Yafar Ah-mad ibn Hud al-Muqtadir, com direito a um belíssimo jardim cercado por arcos recortados, harém, mesquita com janela voltada para Meca e tudo o mais. O nome desse poderoso homem, também chamado Al-Jafar, perpetuou-se no nome do palácio: Aljafería.

Ângela parou diante das grades da porta da pequena mesquita e viu a tal janela iluminada. Era tão linda que até ela sentiu vontade de rezar com o olhar voltado para Meca...

Quando os Reis Católicos, Fernando e Isabel, retomaram os territórios ocupados, instalaram ali seu palácio de Aragão, e à arquitetura moura se somaram detalhes cristãos, com tetos luxuosamente decorados em estilo *mudéjar*. Cada vez mais, a construção foi se transformando numa fortaleza.

Depois de alguns séculos, viria a ser sede de um dos tribunais da Inquisição, com uma sala de julgamentos muito tétrica e celas para os prisioneiros aguardarem a execução. Contrastando com os vários salões e recantos alegres do palácio, Ângela fotografou rabiscos dos prisioneiros, sinistramente preservados numa parede das celas.

Capítulo VI

Pensava que Fernando e Isabel podiam ser admirados pelo povo espanhol; mas, para obter tanto poder, suas alianças políticas não devem ter sido lá muito éticas...

Depois de visitar a sala nobre, onde hoje acontecem os encontros das Cortes de Aragão, e de fuçar na lojinha – Ângela não resistiu e comprou uma pequena bolsa a tiracolo, na qual cabiam direitinho seu bloco de desenho e a máquina fotográfica –, saíram.

Da Aljafería caminharam em direção ao centro. Sempre com Beto brincando de guia de turismo e comentando tudo que a interessava, passaram pela Plaza del Portillo, onde havia a estátua de bronze de uma mulher. Tati explicou ser ela a famosa Augustina, heroína local que liderou a resistência das mulheres de Zaragoza na época em que Napoleão invadiu a cidade. Dali mesmo via-se a Plaza de Toros, menor que a de Madri, mas também grandiosa. Ela fotografou tudo ao redor, e então Beto propôs:

– Vamos pegar um ônibus para o *casco* da cidade.

Casco histórico é como chamam a parte antiga, ou medieval, das cidades espanholas. Em algumas delas, *el casco* está bastante preservado; em outras, nem tanto, mas sempre sobram monumentos antigos – e as infalíveis muralhas romanas.

Tomaram o ônibus 36, que veio em seis minutos, como anunciado no painel eletrônico do ponto; a tarifa era 1 euro. Em pouquíssimo tempo, desciam na Avenida de César Augusto e viam-se diante de – claro! – enormes muralhas.

"Isso, sim, é surreal!", a garota pensou, ao fotografar pedras que deviam estar assentadas ali há uns 20 séculos e que poderiam certamente figurar num quadro de Dalí. Com um relógio derretendo em cima...

Sob um arco moderno que emoldurava o antiquíssimo muro, atestado de que os romanos construíam para durar, Ângela viu, ainda, a estátua do imperador César Augusto e um prédio que lhe pareceu uma estação; porém Tati lhe explicou ser o Mercado Central.

Naquele momento, os três se olharam e a mesma frase lhes escapou:

– *¿Vamos de tapas?*

O interior se parecia mais com o mercado de Madri do que com a Boqueria de Barcelona, mas os cheiros eram bons; lancharam *tapas* e sucos. Depois seguiram pela rua ao lado até a Plaza Nuestra Señora del Pilar, um enorme calçadão que Beto chamou La Plaza de las Catedrales.

– Zaragoza é a única cidade espanhola que tem duas catedrais mais ou menos rivais – explicou ele. – Na verdade, a catedral oficial e consagrada pelo papa é esta, a de Nossa Senhora do Pilar. Mas aquela ali, na rua em frente, é a Catedral de la Seo, dedicada ao Salvador. Tem gente que defende que aquela, e não esta, deveria ser a catedral oficial da cidade. Enfim, há fiéis para as duas. Mas agora... olhe para trás, menina.

Ângela se voltou e olhou para a parte da praça que já haviam percorrido.

Ao entrarem na *plaza*, ela notara um grande e moderno monumento de granito com água caindo, mas estava ocupada a fotografar as duas igrejas e não prestou muita atenção nele. Agora, de longe, via o estranho desenho do monumento e o caminho que a água fazia.

– O que tem isso? É uma fonte? – perguntou.

– Olhe com calma – pediu Tati, rindo.

Ângela olhou. E viu que, daquela perspectiva, os recortes no granito da tal fonte criavam uma forma que se espalhava pelo chão da praça, até terminar num vértice. O sol fazia brilhar a água, e ela finalmente compreendeu.

– É o desenho da América do Sul! – exclamou, estupefata.

– Acertou! – confirmou Beto. – Esta é a Fuente de la Hispanidad, que homenageia os países hispânicos. Veja ali em cima, a silhueta do México num pedacinho da América do Norte, a América Central, a ilha de Cuba, e a América do Sul embaixo. Foi construída nos anos 1990, e na época muita gente criticou sua construção, por ser moderna demais.

Ela fotografou as águas que desenhavam seu continente, seu país, e ficou imaginando como gostaria de ter a mãe ali, para mostrar-lhe um Brasil desenhado em água... Aquilo, sim, era surrealista. Nem em sonhos imaginaria tal fonte!

Capítulo VI

Visitaram as duas igrejas e, ali, ao contrário do que sentia em Barcelona, gostou mais da igreja maior que da menor. A de *la Seo* era linda, com o muro de janelas góticas que se misturavam aos detalhes de cerâmica policromada em estilo *mudéjar*; mas o interior do templo lhe passou um clima solene, um pouco assustador. Já a basílica, embora estivesse mais cheia de turistas, a agradou bastante. As cúpulas em cores brasileiras – verde, amarelo, azul e branco – eram um atrativo a mais! Era enorme, altíssima, ricamente decorada e cheia de entalhes em ouro, estátuas e retábulos – quadros em madeira pintada. Havia duas cúpulas, muito altas, com pinturas realizadas pelo próprio Goya! Uma delas se iluminava ao colocarem uma moeda de 1 euro num mecanismo...

Francisco de Goya, cujas obras ela admirara no Museo del Prado e cujos *grabados* vira no metrô de Madri, era o gênio local. Nascido em Fuendetodos, um município daquela província, viveu em Zaragoza até os 17 anos, quando foi estudar na capital. Havia um monumento dedicado ao artista na *plaza*, perto de *la Seo*.

Ângela fotografou uma bomba da Segunda Guerra Mundial, exposta como prova de um milagre: duas bombas caíram na catedral e nenhuma explodiu! Depois viu uma fila de pessoas no meio da catedral e perguntou a Beto o motivo de se aglomerarem ali. Ele se sentou num dos bancos e contou-lhe a história...

– Diz a lenda que um dos discípulos de Jesus, Tiago, veio para a Espanha a fim de catequizar as pessoas. Naquela época, Maria, Nossa Senhora, ainda estava viva lá na Galileia, e um dia ela apareceu para o futuro São Tiago bem aqui, no alto de um pilar. Depois que a aparição sumiu, restou a coluna: Tiago e os cristãos espanhóis construíram uma capela ao redor dela, em honra da Virgem. Com o passar dos tempos, ela foi reconstruída, até chegarmos a esta catedral gótica. A tradição diz que este é o primeiro templo mariano da História. O pilar em que ela foi vista ainda está ali, e essa fila é dos devotos que vão beijar a coluna de Nossa Senhora *del Pilar*. Ela é a padroeira dos países de língua espanhola.

O REAL E O SURREAL

Ângela foi até lá e viu o pedaço do pilar atrás de um vidro.

Após a visita às igrejas, a tarde caía e os três estavam famintos; as *tapas* do mercado não haviam *tapeado* a fome assim tão bem! Percorreram as ruas próximas até encontrarem um restaurante simpático com nome ilegível, uma *sidrería* basca, onde fizeram um almoço tardio e comeram queijo Idiazábal, feito de leite de ovelha e absolutamente delicioso.

Já alimentados, voltaram a atravessar a plaza e foram para as margens do rio que corta Zaragoza, o rio Ebro. Ali ao lado estava a ponte mais linda que Ângela já vira: a Puente de Piedra. Segundo Beto, fora construída no século XVI e estava ainda hoje bem parecida a como era naquela época. Ela primeiro a fotografou, depois a desenhou. Lembrava-se de ter visto, em algum lugar, um quadro de Goya retratando aquela ponte. No final da ponte, estátuas de leões sobre altas colunas pareciam guardar a passagem.

Voltaram pela ponte e passearam pelo *casco*, percorrendo as ruazinhas que Ângela tanto apreciava nas cidades da Espanha – com sacadas, arcos, lampiões de ferro batido...

Anoitecia quando tomaram o ônibus de volta à estação e se despediram. Tati e Beto deixaram a amiga na plataforma de embarque para Barcelona. A garota se recostou na poltrona macia do AVE e esperou a partida do trem que a levaria para casa.

Quando o jantar foi servido durante a viagem, não comeu muito, apesar de tudo estar delicioso. Por algum motivo, sentia uma imensa saudade de arroz com feijão... E tinha a sensação de que aquele passeio maravilhoso fora apenas um sonho, uma fantasia. Após a refeição, fechou os olhos, embalada pelo suave deslizar ferroviário, e deixou que sua mente misturasse as imagens que vira naquele dia, compondo um quadro surrealista.

Verde que te quiero verde.
Verde viento. Verdes ramas.

Federico García Lorca, *Romance sonámbulo*

Capítulo VII

Verde e dourado

Em agosto o calor continuava, menos intenso, mas sempre estimulante para Ângela – que agora se sentia em seu elemento –, pois não nascera no Brasil? Ela via com ironia os colegas europeus se queixando do calor absurdo, e pensava consigo mesma:

"Não sobreviveriam uma semana no sol de verão do Rio Grande do Sul... Imagina se fossem para o Norte ou para o Nordeste!"

As férias dos cursos terminaram tão depressa que ela nem teve o gostinho de passear mais – tinha muito o que estudar e trabalhos sem fim para entregar. Professor Julio não apenas lhe pedira várias redações mas ainda lhe designara leituras em espanhol.

O primeiro livro que leu totalmente em castelhano foi o *Romancero gitano*, de García Lorca. Estava com um pouco de medo de ler Lorca... Sua única aproximação com o escritor andaluz fora assistir ao filme musical *Bodas de sangre*, em que o diretor Carlos Saura filmara a história da famosa peça de Lorca situando o enredo entre as apresentações de um grupo de dançarinos de flamenco. Era um belo filme, ainda que o achasse perturbador.

Capítulo VII

Os poemas, porém, foram lidos com enorme prazer. Claro que havia tristeza e sangue na poesia; ela não aguentou ler inteiro o *Martirio de Santa Olalla*, que descrevia as torturas feitas à santa cujos restos sagrados estariam na Catedral de Barcelona. Mas apreciou o lirismo de muitos versos, feliz por conseguir lê-los com facilidade – seu domínio da língua melhorara muito.

No curso, Augusto voltara a ignorá-la. E andava agoniada, pois havia passado mais de um mês e Bruno apenas lhe mandara uma curta mensagem, que dizia:

> *Vou aproveitar as férias para viajar e passar um tempo com meus primos em São Paulo. Não sei se terei acesso à internet lá, mas quando puder te escrevo. Beijos.*

Nadja ainda estava em San Sebastián de los Reyes e já lhe enviara vários e-mails intimando-a a ir visitá-la. Porém, Ângela hesitava; quanto mais gente havia na cidade, menos ela queria ver gente... Andava sentindo-se de novo a menina tímida que preferia ficar enfiada num canto, desenhando, e que a mãe às vezes tinha de obrigar a sair de casa.

Ali, como não tinha a mãe para forçá-la, acabava fechada no quarto, estudando, ou na sala da señora Pilar vendo os noticiários na TV espanhola. Continuavam as reportagens sem fim sobre o assunto mais popular daquele verão: o roubo do Picasso. A polícia parecia ainda não ter pistas concretas a seguir. E tanto sua anfitriã quanto os hóspedes passavam, às vezes, horas comentando aquele enigma e fazendo conjecturas sobre a existência de quadrilhas internacionais de ladrões de arte na cidade.

Certo domingo ela acordou com vontade de ver árvores; e sentiu tanta aversão de sua própria imagem no espelho, que decidiu passar o

VERDE E DOURADO

dia fora de casa. Fez os costumeiros sanduíches, encheu uma garrafinha com água gelada e outra com suco, pegou a máquina fotográfica e o caderno de desenho e foi para a rua sem ter a menor ideia de onde iria.

Mas uma fotografia entrevista pela janela de um hotel próximo lhe deu uma luz: era um lagarto (ou dragão?) que decorava uma escadaria no Parc Güell.

"É para lá que eu vou", decidiu.

Segundo seu mapa turístico da cidade, a estação de metrô mais próxima do parque era Vallcarca, na linha verde. Porém, quando desceu lá, não tinha a menor ideia de qual direção tomar. Parou diante de um mapa das redondezas, na saída da estação, e antes que conseguisse orientar-se uma senhora simpática a abordou.

– *¿El Parc Güell?* – perguntou. E, sem esperar resposta, indicou:

– *Siga por esta avenida, entre la tercera calle y sube las escaleras electrónicas.*

Ângela agradeceu e seguiu pela tal avenida, mas não viu nenhuma indicação de que estaria indo pelo caminho certo. Ao entrar na terceira rua, viu, adiante, vários turistas subindo a imensa ladeira. Para sua felicidade, distinguiu as tais escadas rolantes! Como na subida de Montjuïc, eram a céu aberto e levavam morro acima os transeuntes que deviam ter o mesmo destino que ela. Ficavam num estreito corredor espremido entre prédios de moradia em cor bege escura – era o caminho chamado Baixada de la Gloria.

A subida era inclemente sob o sol, apesar das escadas rolantes. Em uns 20 minutos, ela atingiu o ápice e viu-se no terreno do parque; só então se deu conta de que estava entrando no Parc Güell pelos fundos! Pescou o mapa na bolsa e conferiu: de fato, a entrada principal ficava do outro lado, na Carrer d'Olot, onde chegaria pela estação Lesseps do metrô. Desconfiou de que em Olot a subida teria sido bem pior – e estava certa.

Capítulo VII

Foi seguindo o fluxo de turistas e logo se viu cercada por verde, verde e mais verde; apenas algumas flores vermelhas e róseas quebravam a hegemonia da cor.

– *Verde que te quiero verde* – murmurou o verso de Lorca, respirando fundo e absorvendo o ar que ali no alto era bem refrescante, suavizando o sol ardido na pele.

Os caminhos calçados dentro do parque eram sinuosos, acompanhando a exuberância da natureza; nos intervalos entre as árvores e arbustos via-se Barcelona muito ao longe, de um ponto de vista oposto à parte da cidade que ela conhecia melhor. Parou para fotografar as casas e prédios distantes, no meio dos quais, à esquerda, era visível a Torre Agbar; ao centro, a Sagrada Família e os guindastes da construção; à direita, os dois prédios-torres que ladeavam o acesso à praia em La Barceloneta.

Seguindo mais adiante no caminho sinuoso, logo viu os tetos das construções de Gaudí dentro do parque; lembravam-na de bolos de aniversário confeitados com glacê.

Foi parar numa imensa praça oval, cheia de gente fotografando, camelôs e blocos compactos de turistas com seus guias. Em toda a volta da Plaza de la Natura, o nome que constava em seu mapa, havia bancos irregulares formados por um mosaico estranho – uma nota no mapa dizia que aquela técnica era o *trencadís*, pedaços multicoloridos de cerâmica e vidro unidos para formar figuras. O conjunto era tão natural que tudo parecia ter nascido ali, como se não tivesse sido construído pelo homem. Do lado externo do imenso e serpentino banco que cercava a praça, gárgulas de boca aberta montavam guarda no local.

Ela se extasiou com as colunas, viadutos e muros que saíam da praça e a cercavam, todos marrons da cor da terra e parecendo também naturais, embora fossem, é claro, detalhes arquitetônicos cuidadosamente planejados e construídos. Andou sem rumo por muito tempo, fotografando tudo. Um dos caminhos a levou à Casa-Museu Gaudí.

Lera que o próprio Antoni vivera ali por um tempo, com o pai idoso e uma sobrinha órfã; contudo, o projeto da casa fora concebido por outro arquiteto, Francesc Berenguer.

Pagou a entrada – para estudantes, custava 4,50 euros – e percorreu toda a casa. Muitos móveis desenhados por Gaudí e o mesmo clima *art déco* da Casa Milà. Era emocionante saber que ele vivera ali; no segundo andar havia até a recriação de seu estúdio e seu quarto, com uma cama de ferro de *design* modernista.

Quando deixou o museu, voltou à praça procurando um canto para sentar-se e almoçar. Encontrou um banco à sombra e comeu todo o lanche que levara; a caminhada a deixara faminta. Depois, com preguiça de andar, aproveitou para desenhar os recantos à sua volta. Mas não resistiu por muito tempo e desceu à parte de baixo da *plaza*, onde pudera entrever colunas, quando se inclinara para desenhar as gárgulas.

O local, segundo seu mapa, se chamava Sala Hipóstila, ou "Sala das Cem Colunas".

Desceu um caminho estreito ao lado... e ei-la num lugar que parecia saído de uma superprodução hollywoodiana! Um salão enorme e lotado de colunas – seriam mesmo cem? Bem, ela não estava disposta a contar; mas eram muitas, muitas.

Depois de desenhar aquelas colunas de vários ângulos – colunas dóricas, pelo que aprendera em história da arte –, desceu em direção à entrada do parque. Como entrara pelos fundos, achou divertido ver tudo na ordem contrária à que era vista pela maioria dos turistas... Das escadarias que davam no portão de acesso, via as colunas e sobre elas a praça. No centro, jardins, uma fonte e a famosa escultura cuja foto vira naquela manhã e que já havia se transformado em um símbolo de Barcelona: *el dragón*, ou *drac*, em catalão.

– Eu acho – murmurou para si mesma, em português – que esse bicho está mais pra lagarto que outra coisa, mas, enfim, quem sou eu para discordar de Antoni Gaudí?

Capítulo VII

Fotografou-o, desenhou-o e decidiu comprar uma reprodução do dragão para sua mãe; foi a uma das casas com telhados curvos e que pareciam cobertos de glacê; na entrada, a placa dizia que era uma *tienda*. Mas o espaço era tão apertado e tão cheio de turistas que ela quase não conseguia se mexer lá dentro. Afinal, desistiu e foi para a rua de Olot, na entrada, onde havia várias lojinhas de artigos turísticos. Entrou na mais próxima e lá pôde escolher seu *dragón* com calma – custou apenas cinco euros.

Feliz com a compra, parou para desenhar a entrada do parque vista da rua. Somente quando se deu por satisfeita com o esboço – e percebeu que esgotara metade do bloco de desenho – foi que se pôs a, mais uma vez, seguir o fluxo dos turistas. Eles desciam a primeira rua à esquerda da Olot, o Carrer de Larrard; era uma ladeira tão íngreme que a Baixada de la Gloria, que ela subira, parecia bem menos inclemente... Congratulou-se por ter ido pelo caminho dos fundos, mesmo porque aquele, que era o principal, não tinha as maravilhosas escadas rolantes! Ângela ainda parou na ladeira, em uma lojinha de lembranças, ao ver cartões postais por um preço ótimo; pensou em mandar um para Bruno.

Eram quase cinco da tarde, mas ela não se preocupou com o horário; sabia que o bairro Gràcia, onde se encontrava, era próximo do Eixample; se chegasse à avenida chamada Travessera de Dalt, logo encontraria uma estação de metrô.

A avenida era movimentada e barulhenta, e ela custou um bocado para ver a placa vermelha da parada Lesseps. Estava na linha verde: em duas estações chegaria à Diagonal.

À noitinha, jantou um delicioso *gazpacho* que, por algum motivo, a senhora Pilar resolveu fazer. Ângela já morava lá havia uns seis meses e era a primeira vez que a dona da casa lhe servia um jantar.

De volta ao quarto, deitou-se e ficou revendo todos os desenhos que fizera no parque. Como teria gostado de fazer aquele passeio com Nadja, que entendia tanto da obra de Gaudí! Ela poderia explicar-lhe a simbologia de alguns desenhos e altos-relevos que vira em detalhes arquitetônicos; aprendera que, quando se tratava de Gaudí, até um rabisquinho tinha uma razão especial, talvez mística, para estar no meio da construção.

Na semana seguinte, entregou à professora o trabalho sobre Surrealismo. Millagros folheou o calhamaço – Ângela achava que tinha exagerado nos detalhes – e comentou:

– *Estoy impresionada. Me parece que el texto ha mejorado mucho. Voy a leer y la semana que viene te digo lo que pienso.*

Naquela tarde ela voltou a Santa Maria del Mar; fazia mais de dez dias que não conseguia passar algum tempo em sua atração turística favorita... A caminho, tomou a rua da galeria que fora assaltada. Já não havia policiais e o vidro quebrado fora reposto, mas viu os seguranças de sempre na rua. Quando parou para olhar a vitrine, dois homens cravaram o olhar nela que, incomodada, foi embora.

Começava a sentir de novo a paranoia, a sensação de que toda Barcelona sabia que ela tinha uma pilha de cópias do desenho roubado escondidas numa gaveta...

À noite, assim que entrou em casa, a señora Pilar a chamou na sala.

– *¿Ângela? Nadja és al telèfon. Parli amb ella.*

Era surpreendente como sentira a falta de Nadja! Somente naquela hora, em que ouviu sua voz, deu-se conta de que não estava mais tão isolada, sozinha; tinha uma amiga e, se sentia sua falta, a outra também sentia a dela.

Nadja contou sobre sua família; o namorado, Luis; os passeios que fizera e terminou com uma intimação:

– *Es el último fin de semana de las vacaciones. Voy a ir con Luis a Toledo el sábado, tienes de conocer esa ciudad...*

Capítulo VII

Toledo!

A cidade que fora um dos mais importantes centros culturais na Idade Média, a corte dos reis da Espanha antes de Madri. A cidade em que o grande artista grego Doménikos Theotokópoulos, o famoso El Greco, vivera e morrera!

Apesar de a brasileira argumentar que o passeio sairia muito caro, a amiga disse que já estava com uma reserva de passagens promocionais, de ida e volta, no site da companhia ferroviária; se ela aceitasse, confirmaria a reserva e lhe enviaria o comprovante.

O mês estava no fim e Ângela economizara bastante; após fazer algumas contas e chegar à conclusão de que conseguiria os euros para reembolsar Nadja, aceitou a ideia. Combinaram então um encontro no próximo sábado. Ela tomaria o primeiro trem em Sants – desta vez não teria passagem *preferente*, iria com tarifa de *turista* – e se encontrariam em Puerta de Atocha para embarcar rumo a Toledo. Um jovem casal de arquitetos, amigos do pai de Nadja, também iria com ela e Luis. À noite seguiriam de Toledo, via Madri, para San Sebastián de los Reyes. A brasileira pernoitaria lá e, no dia seguinte, domingo, as duas amigas voltariam juntas para Barcelona.

No sábado pela manhã, uma chuva tremenda despencou na Catalunha. Ângela só não voltou para a cama quentinha porque tinha dado sua palavra à amiga. Ainda estava escuro quando, sob a chuva, ela atravessou os poucos quarteirões até a entrada Provença da estação Diagonal; molhou a barra da calça, mas conseguiu manter a mochila seca.

Poderia molhar-se inteira, mas protegeria o caderno de desenho!

Embarcou em Barcelona-Sants no trem das 7 horas e, para sua alegria, viu as nuvens de chuva desaparecerem assim que o trem se afastou da Catalunha e entrou pela Comunidad de Aragón. Apesar de estar com sono por ter-se levantado muito cedo, não cochilou e passou a maior parte da viagem lendo poemas de Lorca. Não conseguia tirar da cabeça o verso do poeta, ao olhar a paisagem verdejante que passava velozmente pela janela do trem: *Verde que te quiero verde...*

Desceu em Atocha Renfe e foi até a estação interligada, em busca do ponto de encontro: um enorme jardim, bem no meio de Puerta de Atocha. Num grande espaço viu palmeiras, plantas exóticas e, a um lado, o local indicado por Nadja: um lago cheio de tartaruguinhas... Como aquelas plantas e animais podiam viver no meio de uma estação de trem totalmente coberta e lotada de gente, Ângela não conseguia imaginar. Mas fotografou as tartaruguinhas e as plantas, encantada com os novos tons de verde que encontrou ali. O poema de Lorca continuava brincando com sua cabeça.

Não esperou nem cinco minutos e Nadja corria ao seu encontro. Abraçaram-se e ela apresentou o namorado, Luis. O rapaz era muito falante, contrastando com a timidez que ela se acostumara a encontrar em Nadja, e logo foi comentando como aquele jardim era cuidadosamente climatizado, para que as plantas e animais sobrevivessem.

Atrás deles vinham dois jovens, o casal de que Nadja falara; para surpresa da garota, também eram brasileiros! Estavam em férias na Espanha e tinham ido, naquele fim de semana, visitar o pai da amiga; chamavam-se Marcos e Joana e moravam em São Paulo. Também haviam visitado Barcelona, o paraíso dos arquitetos do mundo todo!

Começaram a conversar e Ângela sentiu um aperto no coração, lembrando-lhe das saudades que sentia do Brasil. Era delicioso ouvir o português com sotaque brasileiro, poder comentar as notícias de sua terra, comparar o jeito brasileiro com o jeito espanhol...

Luis já comprara as passagens de trem, mas ainda teriam de esperar uns 20 minutos, que gastaram tomando *cappuccino* num dos quiosques de lanches da estação.

Somente então foram em busca da plataforma de embarque para as cercanías.

Capítulo VII

O trem deixou a Comunidad de Madrid e entrou na de Castilla La-Mancha, a terra de Isabel de Castela – onde Ângela adorou imaginar um Dom Quixote percorrendo a paisagem que via pela janela, em busca de moinhos de vento... Ela sabia que há muitos moinhos que os turistas podem visitar e prometeu a si mesma que um dia voltaria ali só para percorrer os caminhos *quixotescos*.

Os cinco engataram uma conversa alegre e foi uma viagem bem curta para tanto assunto, pois em 30 minutos o trem parava na estação ferroviária de Toledo.

Deixaram o saguão da estação, que parecia um salão palaciano cheio de dourados, tinha belíssimos vitrais e o teto todo trabalhado com madeira em estilo *mudéjar* – embora Luis comentasse que aquele estilo não era o original dos tempos da Reconquista, por isso deveria ser chamado *neomudéjar*, apenas uma imitação mais recente. Viram-se na parte baixa da cidade; lá no alto ficava *el casco*. Enquanto Luis explicava o conceito de *casco histórico* ao casal brasileiro, Nadja se informava com um funcionário da ferrovia e logo vinha avisar que ali mesmo podiam pegar um ônibus turístico para a cidade alta.

Nadja mencionara que Luis fazia um curso de graduação sobre Fundamentos da Arquitetura na Universidad Politécnica de Madrid; no ano seguinte ele tentaria o ingresso na carreira de Teoría e História de la Arquitectura. Apaixonado pelo assunto, ele não parava de comentar com Marcos e Joana os detalhes da cidade. Ângela aproveitou para tomar notas na última página de seu caderno, pois as informações dele eram interessantes.

Segundo Luis, Toledo é uma das cidades mais monumentais da Espanha. Situa-se num morro cercado pelo rio Tajo – que os visitantes, encantados, descobriram ser o mesmo Tejo de Portugal! O rio nasce numa serra além de Madri, atravessa boa parte da Espanha e depois entra em Portugal, cortando o país de leste a oeste, até alcançar Lisboa e desaguar no Oceano Atlântico.

Construída no morro junto ao rio, Toledo foi, na Idade Média, capital do reino visigodo e depois um importante centro árabe, verdadeiro polo cultural que congregava intelectuais de toda a Espanha. Após a Reconquista Cristã, os Reis Católicos estabeleceram residência na cidade.

– *Aquí* – comentou Nadja – *vivieron pacíficamente miembros de las tres grandes religiones, el judaísmo, el cristianismo y el islam.*

– *Una paz relativa...* – retrucou Luis, com um sorriso.

– Dizem que as sinagogas da cidade foram famosas – acrescentou Joana, que estava consultando a internet com seu celular.

– *Sí, las sinagogas del Tránsito y de Santa María La Blanca fueron importantes en la Edad Media. Hoy son museos, se las puede visitar.*

– Espere aí! – Ângela indagou, esquecendo-se de falar em castelhano. – Se são sinagogas, templos judaicos, por que uma delas é chamada Santa María?

– Aposto que isso foi mudado depois da Reconquista – disse Marcos.

– *¡Claro!* – exclamou Luis. – *En 1492 los judíos fueron expulsados de España, y las sinagogas se convirtieron en iglesias católicas.*

A conversa bilíngue teria continuado por um bom tempo, porém foi interrompida pela chegada do ônibus. Eles adquiriram os tíquetes e embarcaram.

Era um desses transportes turísticos em que as pessoas podem descer em cada atração e depois tomar outro ônibus da mesma linha, com o tíquete recebido no primeiro. Seguiu ao longo do Tajo, atravessou-o na Ronda de Juanelo e passou ao lado da Puente de Alcántara – uma linda ponte de pedra, com um portal imponente que parecia saído de um conto medieval. Dava para imaginar homens com lanças guardando-a...

Alguns turistas no ônibus ouviam audioguias que explicavam sobre os locais, mas Ângela não gostava de usar fones de ouvido; Marcos estava ocupado fotografando e Luis continuava falando – ele era quase

Capítulo VII

tão bem-informado quanto Beto, o amigo de Madri. Joana verificava tudo o que podia na internet, com o celular conectado via satélite.

– Achei um site – informou ela – que diz que esta ponte se chama Alcántara porque em árabe a palavra *al-qantara* significa... a ponte! Esta é a Ponte da Ponte!

Todos riram e fotografaram a Puente de la Puente, como Nadja passou a chamá-la. Mas o ônibus seguia em frente e, contornando muros de aspecto medieval, foi subindo até chegar à parte histórica. As ruas ali eram estreitas e o trânsito bem complicado; pararam e desceram do ônibus junto ao Alcázar de Toledo.

Ângela fotografou a construção de pedra, situada no ponto mais alto do *casco*, local estratégico; a cidade devia ter sido palco de muitos combates. Segundo as informações de Luis, aquela fora uma fortificação romana, morada dos reis da Espanha (quantos palácios a monarquia espalhara pelas terras espanholas!) e, claro, também fora uma prisão... Agora abrigava a Biblioteca de Castilla-La Mancha e um museu militar.

– *¿Qué quieren hacer?* – Nadja perguntou.

Passava de meio-dia e eles tinham muito o que ver. Conversaram e resolveram que, em vez de visitar os museus e igrejas por dentro, iriam fotografar as fachadas e andar pela cidade, pois o tempo seria pouco para ver todas as atrações.

– Para mim, só andar pelas mesmas ruas que El Greco percorreu já é bom demais! – disse Ângela, olhando ao redor, entusiasmada.

O dia, então, foi dedicado a caminhar pelas ruas do *casco*, e foi um dos passeios mais deliciosos que a garota jamais fizera.

Toledo era um sonho. Bem mais medieval que Zaragoza ou Barcelona, embora Luis fizesse questão de frisar que praticamente tudo o que viam eram restaurações: séculos de guerras haviam destruído a maioria dos edifícios e casas. Porém, nenhum deles se importou com isso; a sensação de "túnel do tempo" era real e, se não fosse pelos carros estacionados, poderiam esperar, de verdade, ver cavaleiros armados duelando nas ruas de pedra.

Numa ruazinha pitoresca, deram com várias lojas de espadas. Nos livros, o aço de Toledo sempre era mencionado. Raros relatos medievais não citam a cidade como um grande centro de manufatura de armas; ser ferreiro em Toledo, na Idade Média, devia dar ao indivíduo um belo *status*. Entraram em várias *tiendas* e se maravilharam: havia armas em tamanho natural e miniaturas. Espadas de guerreiros e reis famosos, de cavaleiros templários e também de personagens de ficção! Ângela namorou por um bom tempo as réplicas de Excalibur, a suposta espada do rei Arthur; Andúril, que pertencia ao personagem Aragorn, em *O Senhor dos Anéis*; e até a Katana, de Connor MacLeod, protagonista do filme *Highlander, o guerreiro imortal*.

Nas *tiendas* podia-se comprar cotas de malha e túnicas de cavaleiros das Cruzadas. E havia *abanicos*, leques pintados e laqueados de todas as cores! As meninas compraram vários; Ângela decidiu-se por uma miniatura de espada de um mestre templário. Seria um ótimo presente para Bruno...

Pararam em um café-restaurante para almoçar *tapas*, experimentar a sangria local e os sucos. Alimentados, tornaram a vagar sem rumo. Foram tantos locais, ruas, muros e sacadas floridas, que mais uma vez a garota quase acabou com o bloco de desenho. Dois pontos foram os seus favoritos para retratar: a Plaza del Ayuntamiento, ponto central da cidade antiga, onde ela desenhou a fachada da Santa Iglesia Catedral Primada de Toledo – era lá que ficava um dos mais famosos quadros de El Greco, *O enterro do Conde de Orgaz* –, e um mirador alto a leste da cidade, de onde viram a Puente de San Martín, outra ponte de pedra antiquíssima, situada exatamente do lado oposto ao da Ponte de Alcántara.

Próximo dali, passaram ainda ao lado das duas sinagogas, na Calle de los Reyes Católicos e no Paseo del Tránsito, a um quarteirão da pitoresca Calle de la Judería. Mais fotos, mais desenhos. Ângela estava ardendo

Capítulo VII

de vontade de ver a Casa-Museo de El Greco, mas sabia que não daria tempo; teria de visitá-la em outra ocasião.

A tarde caía, o vento começava a aumentar e o sol poente dourava as nuvens quando pararam na praça Zocodover para um café. Dois quarteirões acima ficava o alcázar; ali ao lado deveriam tomar de novo o ônibus turístico para descer à estação ferroviária. Mas, antes de encerrarem o passeio, Luis sugeriu irem até outro mirante, desta vez voltado para oeste: o Paseo de Miradero.

Aquela foi provavelmente a vista mais bela que a garota jamais vira. A um lado, os prédios históricos de Toledo banhados numa luminosidade dourada. Voltando-se para o lado oposto, via-se a calçada do *paseo*, com escuros lampiões de ferro contrastando com o dourado do pôr do sol, tendo ao fundo muralhas medievais, igrejas e telhados entremeados a árvores centenárias. Olhando-se para baixo, ao longe, a Ponte de Alcántara sobre o Tajo, cercada de verde, e o rio reluzindo com os últimos raios de ouro do sol.

Os cinco nem falavam, de tão felizes por presenciar, juntos, aquele mágico final de tarde. Luis deixara de dar informações, Nadja tomara sua mão e sorria, Joana guardara o celular e Marcos abraçava a esposa com carinho. Mais do que nunca Ângela sentiu uma aguda solidão, uma vontade enorme de compartilhar aquele momento com alguém! Mas os rapazes que a interessavam estavam distantes. Augusto, em Barcelona, continuava a ignorá-la. Bruno, em outro continente, provavelmente já havia se esquecido dela.

Teria de guardar só para si as sensações verdes e douradas daquele dia mágico.

Ainda em silêncio, voltaram ao *alcázar* e aguardaram o próximo ônibus. Quando esse chegou, em 20 minutos os deixou na estação ferroviária.

A lanchonete do local estava fechando; conseguiram comprar apenas sucos, uma porção de azeitonas e fatias de *tortilla de patatas* para um jantar improvisado enquanto o trem não vinha. Sentados em uma mesinha do lado de fora, ainda viram, além da silhueta da cidade alta, fogos de artifício explodindo em dourado, ao longe. Ninguém sabia o motivo dos fogos, mas era como se Toledo estivesse se despedindo dos visitantes.

Na chegada a Atocha, foram para a entrada do metrô e todos tomaram a linha um; no próprio vagão despediram-se de Marcos e Joana, com muitas promessas de ficar em contato; o casal desceu na estação Sol. Na despedida, Ângela os presenteou com um dos desenhos que fizera da fachada da catedral. Esperava ver os simpáticos arquitetos de novo!

Então os três seguiram para Pinar de Chamartín, onde embarcariam no Metro Ligero para Las Tablas, e de lá para San Sebastián de los Reyes.

Como chegaram bem tarde, ela só conheceu os pais da amiga na manhã seguinte, ao *desayuno*; pernoitou no quarto da amiga, que tinha uma cama extra. A mãe de Nadja era tão comunicativa quanto sua filha era quieta; e o pai, muito simpático, comentou com ela várias coisas sobre o Brasil que conversara com Marcos e Joana, quando o tinham visitado.

Antes do almoço, as duas fizeram um breve passeio pelos arredores. San Sebastián de los Reyes é praticamente uma cidade-satélite de Madri, com muitos edifícios de moradia baixinhos, algumas praças e uma *plaza de toros*. Como é um distrito industrial, tem um ar bem mais moderno do que as cidades históricas.

Luis foi encontrá-las no Parque de la Marina, que ficava bem próximo à casa de Nadja. Voltaram a tempo para o almoço e Ângela foi arrumar sua mochila para a viagem, enquanto o casal de namorados se

Capítulo VII

despedia; agora era provável que só se vissem após a pausa nas aulas da faculdade, em dezembro, nos feriados de final de ano.

O pai de Nadja as levou de carro pelos quarteirões que os separavam da estação Reyes Católicos. Fez muitas recomendações no caminho, e Ângela sorriu consigo mesma ao perceber as mesmas preocupações de sua mãe. Ele parecia achar que, ao estudar em Barcelona, Nadja estaria exposta a milhares de perigos... Pais eram iguais no mundo todo!

Quando chegaram a Pinar de Chamartín, a garota espanhola lembrou que se esquecera de comprar um xampu de que gostava e deixou Ângela aguardando com as mochilas de ambas enquanto procurava uma *tienda* no saguão da estação.

Parada próximo ao balcão de *información turística*, a brasileira presenciou uma cena estranha. Um dos funcionários parecia que ia ter um ataque. Gritava com uma mocinha oriental, que se encolhia, intimidada. Ângela ouviu a moça dizer, em inglês:

— *Please, I need two tickets...*

O funcionário berrou, em resposta:

— *Tienes que ir a otra estación!*

A moça nada entendia; falou com um rapaz a seu lado em uma língua que devia ser chinês. Ângela resolveu intervir, usando o inglês básico que aprendera no colégio.

— *May I help you?* – perguntou.

A turista, com alívio, explicou em inglês que ela e o namorado tinham um cartão válido para todos os transportes públicos em Madri, mas precisavam trocar por tíquetes de ônibus para ir a Aranjuez, e o homem no guichê não entendia o que ela queria... Furiosa com o que considerava falta de educação do funcionário, Ângela lhe disse:

— *Ella necesita cambiar su tarjeta por dos billetes de autobús para Aranjuez.*

O homem lhe empurrou dois tíquetes de metrô e desabafou:

— *Sí, pero tienen que coger el metro y embarcar en Atocha!*

132

Ângela entendeu. Deu os tíquetes à moça e explicou que não conseguiria pegar o ônibus em Pinar de Chamartín: teria de tomar o metrô e ir, pela própria linha azul, até Atocha. Naquela estação, sim, obteria a passagem de *autobús* para seu destino. Ensinou-lhe também algumas frases em castelhano para pedir informações.

O casal – eram mesmo chineses – agradeceu muito e lá se foram para o embarque. Ângela continuou aguardando a volta de Nadja, lembrando algo que Tatiana lhe explicara uma vez: os espanhóis têm uma forma meio brusca de falar e não têm paciência com quem não fala sua língua. Tentar comunicar-se em inglês com eles não costuma dar certo. Muitas vezes, se não são compreendidos, falam mais alto e chegam aos berros, como se houvesse um problema de audição, e não de comunicação.

Sentiu uma profunda alegria quando, após as três horas de trem e mais o trajeto de metrô, as duas chegaram à casa da *señora* Pilar, à noite. Esta as recebeu com um sorriso, coisa raríssima! Contou em seu catalão rápido que os hóspedes da Holanda tinham ido embora e que os americanos partiriam no dia seguinte. A casa voltaria à tranquilidade de antes do verão, o que deixou as garotas bem felizes. Teriam a casa só para elas de novo.

Em seu quarto, depois de desfazer a mochila e colocar os desenhos novos na pasta, Ângela decidiu ir dormir cedo, não estava com fome e a maratona do fim de semana a esgotara. Vestiu o pijama e olhou-se no embaçado espelho oval que, como de costume, devolveu-lhe uma imagem de si mesma bem parecida à da musa de Picasso, Marie-Thérèse, no famoso quadro. Por algum motivo, porém, não fixou o olhar no próprio rosto ou no corpo, mas no canto direito abaixo do espelho. Podia ver atrás da sombra oval um pedaço do papel de parede do quarto, um padrão geométrico desbotado.

Capítulo VII

Uma ideia inesperada surgiu em sua cabeça. Uma lembrança vaga...

Foi pegar o envelope pardo que ocultara sob as roupas na gaveta. Espalhou sobre a cama os 42 esboços que fizera sobre o estudo a lápis do mestre.

Foi analisando um por um e colocando-os em ordem cronológica. Fizera quase a metade deles no Museu Picasso. Em alguns usara um grafite grosso, em outros, carvão; e em outros, ainda, um lápis bem apontado. Algumas vezes detalhara mais o rosto ou os elementos cercando a figura. Então passou a olhar os desenhos que fizera já na galeria.

Encontrou um bem minucioso, trabalhado com lapiseira; dava para ver claramente o padrão que, julgava, seria do papel de parede atrás do espelho em que Marie-Thérèse se mirava. Era um quadriculado: losangos com bolinhas dentro. Mas nos dois losangos do canto não havia bolinhas!

Ela voltou às cópias datadas de semanas antes, feitas no museu. Separou aqueles em que seus traços eram mais definidos e claros.

"Como pode ser?", pensou, perplexa.

Naqueles desenhos **havia** bolinhas dentro dos losangos no canto direito.

Ângela podia ser distraída, desligada do mundo ao redor quando estava desenhando. Como dizia Dalí, seria capaz de pintar *escenas extraordinarias* no meio de um tumulto. Contudo, era muito fiel quando fazia cópias. Aprendera a arte da composição analisando a estrutura dos quadros de grandes mestres da pintura... E tinha certeza de que, se desenhara bolinhas ali, elas estavam no original; se não as desenhara, não estavam.

– Como não percebi isso antes?! – gemeu, resvalando para o chão e sentando-se no tapete, sem conseguir tirar os olhos dos dois desenhos, um na mão esquerda e outro na direita.

Eram idênticos, a não ser por aqueles pontos insignificantes.

Ela só podia concluir uma coisa: o desenho de Picasso que fora exposto no museu **não era o mesmo** que fora exposto depois na galeria.

Sua cabeça funcionava rapidamente. Começava a entender o porquê do roubo.

El otoño vendrá con caracolas,
uva de niebla y montes agrupados

Federico García Lorca, *Alma ausente*

Capítulo VIII

Outono

Nos dias que se seguiram, no início do mês de setembro, a única coisa em que Ângela conseguia pensar era na descoberta que fizera. Nos jornais e na televisão as reportagens continuavam insinuando que a polícia não tinha pistas para solucionar o caso do roubo. Ela digitalizara os dois desenhos reveladores, imprimira cópias e não parava de analisá-los. Angustiava-se; precisava falar sobre aquilo com alguém, mas quem?!

A escolha óbvia seria confiar em Nadja. O problema é que as aulas na Universidad de Barcelona haviam recomeçado; a amiga estava ocupadíssima, saía cedo e voltava tarde – às vezes com um ar tão cansado que a brasileira tinha pena de perturbá-la com seus problemas. Falar com Pilar poderia ajudar, mas ela voltara ao mutismo do início do ano, mantendo distância dos hóspedes – agora, de novo, reduzidos às duas garotas.

Contar ao professor Julio ou à professora Millagros? E se rissem de suas ideias? Ou, pior ainda, se acreditassem que tinha culpa no caso?

Capítulo VIII

Achariam estranho uma estudante sair desenhando tantas vezes o mesmo desenho. Poderia estar mancomunada com alguma quadrilha internacional; afinal de contas, era estrangeira...

Escrever para Ada, em sua faculdade no Brasil? Era uma opção, mas ela estava tão longe do problema que talvez nem lhe desse atenção; quando Ângela enviava os relatórios do curso e as avaliações, a coordenadora respondia apenas com um "Muito bem" ou "Continue assim". Não, ela não seria capaz de ajudar.

Falar com a mãe, nem pensar! Embora continuassem trocando e--mails, não queria preocupá-la com aquilo. Já havia encrencas suficientes para sua mãe enfrentar no Brasil... E Bruno, seu fiel confidente de tantos meses, agora andava sumido.

Depois de remoer o assunto por uma semana, certa noite, antes de dormir, olhou-se no espelho oval e conversou consigo mesma. Tinha de tomar uma decisão.

— É o seguinte — disse em voz alta à imagem atrás do espelho —, você tem dois caminhos a tomar. O primeiro é ser a mesma Ângela tímida do Brasil, ficar enfiada no quarto e não se preocupar com o mundo lá fora. Daqui a três meses você vai embora para casa e pronto. Pode guardar um dos desenhos de Marie-Thérèse, rasgar os outros e ninguém precisa saber que você fez 42 cópias de um Picasso roubado.

Respirou e continuou, com a sensação de que falava mesmo com outra pessoa.

— O segundo caminho é esquecer a timidez e ser a Ângela de Madri, descolada, corajosa, e tentar falar com uma autoridade. Ninguém pode acusar você de nada; todos os estudantes fazem cópias dos grandes mestres, ora bolas! Nunca tocou nos desenhos nem nas molduras, por que seria culpada de alguma coisa?...

A dúvida, contudo, permaneceu.

Desanimada, ela olhou ao redor, como que procurando ajuda para decidir-se. E bateu os olhos na mesinha ao lado da cama, onde havia uma luminária e um livro que estava lendo – mais uma coletânea de poemas de García Lorca, indicada pelo professor e retirada na biblioteca: *Llanto por Ignacio Sánchez Mejías*. Deitou-se, acendeu a luminária e abriu o livro ao acaso. Às vezes fazia isso, quando não sabia o que decidir, e encontrava nos livros uma resposta ao que a incomodava.

A página que a encarou continha o poema *Alma ausente*; belo, mas triste. Uma estrofe em particular a tocou, pois o outono estava chegando. Recitou-a em voz alta:

> *El otoño vendrá con caracolas,*
> *uva de niebla y montes agrupados,*
> *pero nadie querrá mirar tus ojos*
> *porque te has muerto para siempre.*

Prendeu a respiração. Era como se o livro fosse alguém, conversando com ela. E o verso *te has muerto para siempre* a atingiu com um baque no estômago. *Morreste para sempre...* Não, ela não podia mais ficar escondida no quarto, fingindo-se de morta e fazendo de conta que não sabia de nada, sem se envolver. Não queria ser para sempre um peso morto, cujos olhos *nadie querrá mirar*, ninguém vai querer olhar.

Fechou o livro, apagou a luz e ficou repetindo o poema até que adormeceu.

No dia seguinte, levantou-se decidida a se tornar a nova Ângela e ir até o fundo daquela história. Tinha de enterrar definitivamente a timidez...

Traçou um plano de ação. Naquele mês, a professora de História da Arte sugerira um trabalho diferente: os alunos deviam fotografar um monumento da cidade, pesquisar sobre ele, sobre artistas ou arquitetos

139

Capítulo VIII

envolvidos em sua construção, e compará-lo com outros monumentos, em outras cidades do mundo. Teriam três dias na semana seguinte para capturar imagens pela cidade.

Isso lhe daria três tardes livres para investigar. Não precisaria de todos os dias para fazer o trabalho: já sabia exatamente qual monumento escolher. Como vira os colegas optando pela estátua de Colón, o *Peix de Barceloneta*, esculturas de Gaudí e Subirachs, ou pelos marcos da Vila Olímpica, resolveu fixar-se em algo bem diferente: a Torre Agbar.

Na primeira das tardes dedicadas ao trabalho, tomou o metrô e foi até a estação Glòries, na linha vermelha. Descendo lá, na Plaça de les Glòries Catalanes, viu-se próxima do bairro Poblenou – o mesmo em que Augusto morava –, e diante da rotatória em que a Avinguda Diagonal encontrava a Gran Vía de les Corts Catalanes. Dali podia ver o imenso edifício que era uma das mais controversas obras de arquitetura da cidade, obra do arquiteto francês Jean Nouvel. Não havia meio-termo: ou as pessoas a amavam ou a odiavam.

Ângela estava mais inclinada a amá-la; apesar do formato esquisito, que alguns diziam ser um símbolo fálico, gostava do visual quase de ficção científica da torre devido às placas de vidro e alumínio que a revestiam – coloridas e colocadas em diversos ângulos, proporcionando um inacreditável jogo de cores e reflexos.

Fotografou-a de vários ângulos, tentando captar as mudanças no brilho. Como era uma tarde quente, apesar de a aproximação do outono trazer já alguns dias de chuva fina, havia raios solares brincando no revestimento do prédio. A torre, terminada em 2005, abrigava escritórios e era vista de qualquer canto da cidade; à noite, luzes azuis e vermelhas a iluminavam. Ângela havia lido que, no final do ano, ela mostrava a passagem das horas, e muita gente a olhava aguardando a chegada do ano-novo.

Em seu trabalho pretendia comparar a enorme torre com outras construções altas que existiam pelo mundo. Nem era tão alta assim, mas seu formato bizarro impressionava. O povo sempre criticou as obras inovadoras, quando foram construídas, cada uma em seu tempo. Fora assim com a Torre Eiffel, em Paris; com o Empire State, em Nova York; com o próprio Cristo Redentor, no Rio de Janeiro.

"Esses monumentos são como as catedrais góticas medievais", pensou ela, olhos fixos no edifício de 38 andares. "Os homens querem alcançar o céu e constroem os edifícios mais altos que conseguem... É a história da humanidade, e começou com a Torre de Babel!"

Fez mais algumas anotações que usaria para o texto do trabalho, então voltou para o metrô. Já tinha o material necessário e iria aproveitar para fazer o que planejara.

De Glòries, ela embarcou na direção Hospital de Bellvitge e desembarcou em Urquinaona. Lá, fez baldeação para a linha amarela e desceu em Jaume I. Estava de volta ao começo, ao primeiro passeio que fizera em Barcelona, meses antes. Sentia-se como se tivesse vivido ali quase uma vida inteira...

Foi andando em direção ao Carrer de Montcada e, sem hesitar, entrou no Museu Picasso.

Quando se identificou como estudante da Escola d'Art i Història de Catalunya e pediu para conversar com alguma das pessoas que organizavam as exposições, um secretário marcou hora para ela na tarde seguinte com uma certa *señora* Mónica. Ângela ainda aproveitou para ver a nova exposição temporária e fazer perguntas aos monitores sobre alguns processos necessários às exposições.

Descobriu coisas bem interessantes. Sempre visitara museus, mas nunca pensara em todo o trabalho para se montar uma mostra! Não apenas as obras de arte têm de passar por restauração, quando necessário, mas precisam ficar em ambientes climatizados que impeçam

Capítulo VIII

sua deterioração. Por isso é que em muitos museus é proibido fotografar: a luminosidade excessiva – e o uso de *flash* – das câmeras pode afetar o papel ou a tela, e até o que os técnicos chamam de *camadas pictóricas*.

Outra providência para organizar uma mostra é assegurar a autenticidade das obras, por meio de peritos – pessoas que conhecem a fundo a obra de cada autor e que conseguem dizer se um quadro é verdadeiro ou falso. Também se fazem testes químicos para datar um quadro, e usa-se luz ultravioleta para verificar se há camadas de tinta antigas sob a pintura.

Por fim, e isso interessou muito à garota, um funcionário explicou que sempre se faz uma apólice de seguro das obras, para caso de danos ou roubo.

– *Entonces* – ela perguntou – *si un cuadro es robado, el propietario recibe el seguro?*

– *Sí* – respondeu ele – *si la obra de arte no se recupera.*

Pensativa, Ângela deixou o local e, como ainda não havia escurecido, decidiu ir pensar dentro de Santa Maria del Mar. Fazia vários dias que não ia até lá e estava com saudades... Mas não passou pela galeria. Um instinto lhe dizia para evitar aquele local.

No dia seguinte, a aula de castelhano foi bem difícil. Julio deu aos alunos um texto complexo para traduzir, cada qual em sua língua natal, e Ângela esbarrava, a cada frase, em dúvidas sobre a conjugação dos verbos. Os casos de verbo reflexivo a estavam confundindo. Para piorar, ainda se deparava com os benditos falsos cognatos.

O verbo *acordar*, por exemplo, era de enlouquecer. *Acordar*, em castelhano, **não** quer dizer "despertar", e sim "concordar". Fora um erro que ela cometera numa redação e que Julio havia explicado.

OUTONO

– *Los niños acordaron en que su madre les llevaría al cine el sábado* – ela disse para si mesma, repetindo uma frase da redação corrigida. Suspirou.

Mas esse significado só vale para esse verbo quando ele é não reflexivo – ou seja, quando não tem um pronome junto. Já o verbo *acordarse* significa lembrar-se!

– *Uno de los niños no se acordaba de que había un partido de fútbol el sábado* – ela resmungou, recordando outra frase já estudada.

Terminou a tradução com um bufo, entregou-a ao professor e foi para a biblioteca para acessar a internet. Acabara de responder a um e-mail da mãe, imaginando onde estaria Bruno àquela altura – não recebia mensagens dele havia eras –, quando Augusto entrou.

– Posso ver tua tradução? – pediu, com um sorriso que derreteria os telhados de Gaudí. – Somos os únicos da turma que falam português...

Ela não resistiu e buscou na bolsa o rascunho do trabalho. Passaram meia hora comparando as traduções que haviam feito e verificando as diferenças entre o português do Brasil e o de Portugal. Na maior parte das frases os trabalhos combinavam, e ambos acreditavam que receberiam boa avaliação do professor.

De repente, ele a olhou nos olhos e disse baixinho:

– Estás bonita hoje.

Ângela enrubesceu e ficou tão confusa que nada conseguiu dizer. Sem falar mais nada, ele se levantou e saiu da biblioteca. E ela só acordou do transe quando um *plim* no *notebook* avisou que havia uma mensagem instantânea à sua espera.

Clicou na mensagem e, incrédula, leu o recado – era de Bruno.

Desculpe-me pelo sumiço, voltei das férias e tinha tanto trabalho me esperando que andei exausto, sem tempo para navegar. Só agora consegui colocar a vida em ordem. Tenho novidades, que vou te contar em um e-mail mais longo. Tudo bem contigo?

Capítulo VIII

Ela ainda estava perturbada pelas palavras de Augusto. "Estás bonita hoje..." Mas forçou-se a tirar o atraente lisboeta da cabeça e responder a mensagem.

Está tudo bem sim. Aguardo teu e-mail. Beijo grande.

Enrubesceu pela segunda vez ao digitar o "beijo grande", mas não o deletou. Pelo menos, ao lembrar a sensação de beijar Bruno ela não pensava no sorriso de Augusto.

A *señora* Mónica a recebeu na tarde seguinte na biblioteca do Museu Picasso, no terceiro andar do Palacio Aguilar. Era uma catalã de 50 anos, bonita e agradável. Em castelhano, contou a Ângela que anos atrás fora professora em sua escola e perguntou por Millagros, que era sua amiga.

– ¿*Usted es brasileña?* – exclamou ela, enquanto a garota abria seu caderno e se preparava para tomar notas. – *Me gustaria mucho conocer los museos de su país.*

Assegurando que lhe contaria sobre os museus que já havia visitado, Ângela começou perguntando sobre a exposição temporária dos desenhos, que incluiria o que havia sido roubado.

– *¡Ah!* – lastimou-se a mulher. – *Esa exposición todavía me da pesadillas...*

E contou o porquê de ainda ter pesadelos com a tal mostra. Ela fora a *comisaria* da exposição. Em português, a pessoa que é responsável por esse trabalho se chama **curador**. Mónica fora a curadora daquela exposição e reunira desenhos de Picasso pertencentes a diferentes instituições. A galeria da Ribera fora uma delas, e sua peça mais valiosa era mesmo aquele estudo a lápis para o quadro *Moça em frente do espelho*. Todas as obras iriam a Madri em seguida, para participar de um evento que reuniria obras do pintor espalhadas por toda a Espanha. A maioria das peças fora embalada para a viagem após o término da mostra no Museu Picasso, mas os donos da galeria haviam insistido em expor suas obras e embalá-las apenas na época do embarque. O resultado fora o roubo...

– *¿El seguro cubrirá el robo de la obra?* – indagou Ângela.

– *Creo que sí* – foi a resposta lacônica da curadora, acompanhada de um olhar significativo.

Depois explicou que uma companhia havia segurado todas as obras para a mostra de Barcelona e a de Madri. Se o quadro não fosse encontrado, os donos da galeria receberiam uma verdadeira fortuna.

Durante meia hora as duas ainda conversaram sobre alguns museus do Brasil cujo acervo Ângela estudara, e por fim a curadora se despediu, enviando um abraço à professora Millagros. A garota agradeceu muitíssimo pela atenção e deixou o museu com o semblante preocupado. Foi direto para a estação Jaume I do metrô, sem querer passar pelas ruas próximas. Seu instinto estivera certo no dia anterior: pelas insinuações de Mónica, era possível que o próprio pessoal da galeria estivesse implicado no roubo, e não queria sentir outra vez sobre si os olhares hostis dos seguranças.

Naquela noite, estava comendo um sanduíche na cozinha deserta quando Nadja apareceu.

– *¿Qué pasa?* – perguntou a amiga, sentando-se também à mesa.

Explicou que nos últimos dias notara a preocupação da brasileira, que parecia sempre querer contar-lhe algo, mas desistia. E como estava correndo para lá e para cá com o retorno às aulas, deixara passar. Mas terminou declarando:

– *Eres mi mejor amiga en Barcelona. Si hay un problema, ¡dímelo!*

Com um suspiro de alívio, Ângela concordou. Seria bom tirar aquilo que andava engasgado em sua garganta. E contou tudo a Nadja: seu fascínio com o desenho de Picasso, as cópias que fizera para treinar o traço, as caras feias dos funcionários... E o medo que sentira após o roubo. Falou sobre a diferença nos desenhos e a conclusão de que havia duas obras di-

Capítulo VIII

ferentes. Por fim, contou sua visita ao museu e a conversa com a curadora sobre a autenticação e o seguro que se fazia para as obras serem expostas.

Os olhos da amiga se arregalaram e ela exclamou:

– *¡Esto parece una película de suspenso!*

Em seguida as duas repassaram cada uma das conclusões a que Ângela chegara. A lógica era perfeita, não podia haver outra explicação.

Os donos da galeria haviam emprestado o desenho de Picasso, sua única obra valiosa, para a exposição de obras com caráter de estudos no museu do Carrer de Montcada. Fora examinada, autenticada e uma companhia de seguros fizera para ela a mesma apólice de seguros que para as outras. Após a exposição, a obra, assim como outras de várias procedências, seguiria para Madri, onde participaria de outra mostra importante sobre o pintor. Mas, em vez de ser despachado imediatamente, o estudo a lápis para *Moça em frente do espelho* fora exposto na galeria de seus proprietários.

Então, na véspera de ser despachado a Madri, ele havia sido roubado. A hipótese de Ângela era de que o desenho desaparecera em algum ponto entre a saída do Museu Picasso e a chegada à galeria; suas cópias provavam que, se o primeiro desenho era verdadeiro (fora analisado por peritos), a segunda exposição exibia uma falsificação! O original provavelmente fora tirado de circulação, quem sabe vendido às famosas quadrilhas internacionais... e tudo indicava que os próprios donos da galeria eram os culpados. Mas por que simulariam o roubo?

Óbvio! Por dois motivos. Primeiro: enquanto a falsificação estivesse exposta na galeria, a polícia não desconfiaria de nada e haveria tempo para venderem o verdadeiro no mercado negro sem que a lei interferisse. Segundo motivo: era preciso que o desenho falso sumisse, pois, se ele chegasse a Madri, novos peritos o examinariam e concluiriam ter havido um crime contra o seguro! Então, de alguma forma, o roubo fora encenado: não apenas ninguém poderia provar que a obra sumida era uma cópia mas os proprietários receberiam uma boa quantia da companhia seguradora.

Parecia um crime perfeito.

Porém, fossem quem fossem os bandidos, não contavam que a falsificação seria desmascarada por uma garota maluca que ia toda semana fazer esboços do mesmo quadro!

– ¿Y qué vas a hacer? – perguntou Nadja, entusiasmada. Estava mesmo se sentindo parte de uma trama cinematográfica.

– ¡No lo sé! – foi a resposta da brasileira. – ¿A quién puedo decirle?

Discutiram a situação por mais um tempo, até que Nadja sugeriu um telefonema a seu pai. Ele tinha um amigo em Barcelona, um arquiteto que fazia trabalhos de consultoria para o Cuerpo Nacional de Policía local. Prometeu ligar para San Sebastián de los Reyes na manhã seguinte, tinha certeza de que o pai as ajudaria.

Aquela foi a primeira noite em que Ângela dormiu despreocupada, depois de ter descoberto a questão dos desenhos diferentes. Como sempre fora reservada demais e nunca tivera amigas íntimas, só colegas de estudo, achava estranha a sensação que a invadia agora. Poder partilhar o que pensava com alguém, dividir um problema, receber apoio.

Começava a achar que valera a pena ter se tornado a Ângela por trás do espelho!

No dia seguinte, não foi à escola. Pela manhã, professor Julio lhes dera um raro dia de folga, após a entrega das traduções; e aquela tarde era a última que Millagros dera aos alunos para prepararem o trabalho sobre os monumentos. O de Ângela já estava prontinho no *notebook*, com as fotos da Torre Agbar, o texto sobre Jean Nouvel e algumas comparações com a Torre Eiffel, o Empire State e até o Cristo Redentor.

Encontrou Nadja no café da manhã e ela disse que ligara para casa e não conseguira falar com o pai. Tentaria de novo mais tarde. Agoniada pela expectativa, Ângela não quis ficar enfiada no quarto; resolveu

Capítulo VIII

aproveitar o dia para andar pela cidade. Como naquele mês não tinha nenhuma sobra financeira – as últimas viagens de trem haviam esgotado os euros que dedicava a passeios –, o jeito era andar por locais que não custassem nada. Teria de deixar para outra ocasião a desejada ida ao zoológico, cuja entrada achava cara (16,50 euros!), mas poderia passear pelo Parc de La Ciutadella. Também não queria ir sozinha ao Tibidabo ou ao Monestir de Montserrat, passeios longos e em locais distantes.

Mais uma vez munida do bloco de desenho, lanche e máquina fotográfica, a garota saiu com uma lista de lugares que queria visitar. O dia estava mais frio que o normal; talvez fosse uma prévia do outono que se aproximava. Bem agasalhada e levando um guarda-chuva na mochila, para eventuais garoas, tomou o metrô na Diagonal e foi pela linha três até a estação Catalunya, onde fez baldeação para a linha um. Duas estações depois, na direção Fondo, descia na parada Arc de Triomf.

Viu-se no Carrer de Ribes e, andando meio quarteirão, viu-se diante do arco que tinha o formato parecido ao do monumento da França, mas com decorações de inspiração mourisca, bem mais ao gosto espanhol. Fotografou o arco de vários ângulos, dando *zoom* nas esculturas de anjos lá no alto, mas não parou para desenhá-lo naquela hora pois uma garoa fina começava a incomodá-la. Atravessou o calçadão por baixo do arco e foi andando. A seu redor, as duas mãos da avenida chamada Passeig de Lluís Companys, as árvores que começavam a amarelar e as colunas para luminárias, trabalhadas em ferro com arabescos bem *art nouveau*. Era um visual típico do fim do século XIX: fora construído para a Exposição Universal de 1888, por Josep Vilaseca i Casanovas, assim como o parque ali em frente.

"Eu deveria ter vindo passear aqui no começo do verão", pensou, puxando o capuz do agasalho sobre a cabeça para proteger-se da chuva. Contudo, mal andara o equivalente a dois quarteirões e a chuva passou, dando lugar a alguns raios de sol que atravessavam pequenas brechas nas nuvens. Conseguiu então sacar o bloco e desenhar o arco rapidamente; em casa, adicionaria detalhes utilizando as fotos tiradas.

Mais uma curta caminhada e estava diante do Parc de la Ciutadella.

Com as nuvens se afastando e o dia esquentado, foi uma delícia passear pelas alamedas do parque. Logo na entrada, ao passar pelas estátuas de deuses gregos que a ladeavam, parou para desenhar o Castell dels Tres Dragons, que abrigava o Museu de Zoologia. Andou mais um pouco, sem rumo, e parou extasiada diante da Cascada Monumental, um laguinho em cujo centro havia uma imensa fonte, com uma construção cheia de esculturas, mais plantas, cascatinhas e estátuas de diferentes artistas.

Ela desenhou a fonte de vários ângulos, focalizando muitos detalhes. Chamaram-lhe a atenção, em especial, os grifos de pedra de cujas bocas jorrava água. Não dava para não desenhar aquelas fantásticas criaturas aladas!

Quando deu por encerrados os desenhos na fonte, estava com fome. O sol aparecera, embora filtrado por uma camada de nuvens, mas já aquecera bastante o ar. Ângela tirou o casaco, amarrou-o à cintura e foi procurar um local tranquilo para comer.

Encontrou um canto nos jardins em frente ao Parlament de Catalunya, um palácio que também não pôde deixar de desenhar, assim que terminou de devorar os sanduíches que trouxera.

Andou ainda um pouco por ali, fotografou os portões do zoo e encaminhou-se para a entrada do *parc*. Queria conferir uma curiosidade que ouvira na escola...

Seguiu pelo Passeig de Pujades e entrou no Carrer de Comerç, encontrando o que lhe interessava: o Museu de La Xocolata.

"E não é que existe mesmo um museu do chocolate?", ela riu consigo mesma. Era um prédio de tijolos em cor marrom que já sugeriam o sabor do nome... Apesar de estar fazendo economia, Ângela resolveu investir naquele museu, mesmo porque a entrada custava apenas 4,30 euros com o desconto de estudante.

Capítulo VIII

O ingresso em si já era um chocolatinho meio amargo! Ângela entrou no casarão, curiosa com a arquitetura – ouviu um senhor que saía explicar a um jovem que o prédio fora um convento em tempos antigos, mas que pouco restava daquela época, apenas algumas paredes de pedra. Logo à entrada, ela viu a *botiga*, lojinha cheia de ofertas maravilhosas de chocolate; havia também uma cafeteria. O museu em si era pequeno, mas interessante. Havia salas em que se contava a história do chocolate, um corredor cheio de estranhas máquinas que um dia foram usadas para a sua fabricação, taças e xícaras de tempos antigos, além de outras curiosidades.

Mas o mais fascinante foi a sala Barcelona, em que estavam expostas esculturas feitas totalmente de chocolate. E não eram só marrons ou brancas, mas coloridas: havia prédios da cidade, personagens de desenho animado, Dom Quixote com os moinhos de vento e – suprema delícia! – a Sagrada Família de Gaudí, inteirinha doce!

Depois de ver tantas tentações, ela teve de parar na cafeteria e tomar uma xícara de chocolate quente. Mesmo porque a tarde avançava e o sol se escondia de novo por trás das nuvens, deixando um ventinho frio soprar.

Saiu de lá achando que o ingresso era um pouco caro para um museu tão pequeno – mas sentia-se com ótimo humor. Nada como chocolate para acalmar corações inquietos!

De volta ao Carrer del Comerç, enveredou pelas ruazinhas da Ribera, indo na direção da catedral. Contudo, não era para lá que se dirigia, nem para sua querida Santa Maria; seu objetivo agora era o Carrer de Sant Pere Més Alt, onde ficava a sala de concertos mais famosa da cidade: o Palau de la Música Catalana.

Demorou um pouco a se orientar nas ruazinhas do bairro, mas a energia do chocolate a impulsionava a não desistir, e logo estava diante de um edifício que pareceria impossível se estivesse localizado em outro país. Ali, era natural ver aquelas cores, as colunas e esculturas, as

estranhas formas entranhadas na arquitetura. Não era obra de Gaudí
– seu guia da cidade a informara que o arquiteto fora Lluís Domènech i
Montaner e que sua inauguração datava de 1908 –, mas era modernista,
sem dúvida.

A garota contornou a esquina, fotografando, e depois postou-se na
calçada oposta para desenhar. Teria gostado de entrar e conferir a sala
de concertos, que já vira na televisão, e que tinha vitrais belíssimos e um
enorme órgão. Mas as visitas lá dentro eram guiadas e tinham de ser
agendadas, então contentou-se com a fachada.

Teve de vestir de novo o casaco, estava esfriando depressa. Sentia-se
cansada, porém ainda tinha um local a visitar e não iria para casa antes
de passar por lá.

Caminhou apressada para a Via Laietana, que não estava longe. Ao
alcançá-la, sabia que apenas dois quarteirões acima encontraria a estação Urquinaona do metrô. Faria o caminho inverso da manhã, mas
tomando a linha quatro, amarela, que a levaria às proximidades da Sagrada Família, entre o Distrito del Ensanche e o de Sant Martí. Era
ali, junto à parada Guinardó, que ficava o Hospital de la Santa Creu i
Sant Pau.

Na verdade aquela parada a deixou nos fundos do grande espaço da
fundação que cuida do hospital. Teve de contornar o Carrer del Mas
Casanovas até atingir o de Cartagena; seguindo adiante, chegou à esquina bem movimentada do Carrer de Sant Antoni Maria Claret. Eram
quase cinco da tarde.

– Uau! – foi só o que pôde dizer diante do impressionante conjunto
arquitetônico.

O prédio antigo do hospital estava perfeitamente restaurado; lem-
brava-lhe bastante o Palácio da Música – depois ela descobriria que
fora terminado pelo mesmo arquiteto, embora suas origens estivessem
no século XV. Ela não se demorou muito por ali, pois as nuvens escuras anunciavam que mais chuvas viriam; mas teve tempo de entrar nos

Capítulo VIII

jardins e desenhar algumas das muitas esculturas e cúpulas que podia entrever.

Quando terminou de esboçar um dos incríveis anjos de mãos postas que marcavam os três portais principais, ela suspirou. Folheou o caderno, cheio dos desenhos que fizera apenas naquele dia. Lugares fantásticos, esculturas fabulosas... E lembrou a relutância que tivera em sair de sua casa, sua cidade, seu país, para enfrentar a longa viagem.

"Se naquela época eu soubesse as maravilhas que veria na Espanha!", refletiu.

Pela primeira vez não se sentia tão estrangeira ali. E teve a premonição de como seria difícil, agora, despedir-se daquela terra...

Estava se sentindo barcelonesa. Catalã.

Guardou o caderno, fechou o zíper do casaco – esfriava mais, bendito outono! – e conferiu o mapa. Estava agora próxima da linha cinco, azul, e o metrô na direção Cornellà Centre a levaria para a estação Diagonal.

A señora Pilar estava no vestíbulo quando ela entrou. Disse a Ângela:

– *Hi ha dos homes que esperaven per parlar amb vostè.*

E sumiu na cozinha, deixando a brasileira perplexa. Entendera perfeitamente o catalão da dona da casa, dizendo que dois homens a aguardavam... Quem seriam?

Nadja apareceu para salvá-la, toda sorridente.

– *¡Me alegro de que hayas venido! El amigo de mi padre está aquí. Ven...*

Um senhor de aspecto sereno estava sentado no sofá da sala junto com outro, de semblante mais sério. A amiga os apresentou como o senhor Cesar, o arquiteto de quem falara, e seu colega, o inspetor Martí. Este era *Inspector Jefe* da polícia, ligado a um órgão que investigava detalhes do roubo do Picasso, a Comisaría General de Policía Científica.

– Mi padre habló acerca de tus dibujos com el señor Cesar y él piensa que debías contar todo al inspector.

De repente a nova Ângela, que quase se sentia catalã, voltou a ser a tímida garota brasileira. Como queria ser invisível! Se pudesse, já estaria escondida embaixo do sofá...

Mas não podia. Tinha de enfrentar a situação.

Respirou fundo, sentou-se em uma poltrona e encarou o inspetor. Ele lhe sorriu, bondoso, como para encorajá-la. Os olhos azuis do homem não a fitavam como se ela fosse uma criança, uma adolescente fantasiosa. Não sabia o que o pai de Nadja dissera ao amigo e este ao policial; mas podia perceber que eles levariam a sério tudo o que ela dissesse.

"Será que estão desesperados por uma pista?", perguntou-se. "Ou será que... será que eu realmente descobri algo que faz sentido para a polícia?"

Bem, só havia uma forma de descobrir.

Sorriu de volta para o homem e desfiou a história toda.

El color de una simple línea pintada con el pincel puede llevar a la libertad y a la felicidad.

Joan Miró

Capítulo IX

Um simples desenho a lápis

Ângela não sabia como funcionava a hierarquia policial em Barcelona e nem queria saber. Mas viu que suas declarações seriam levadas a sério quando o inspetor Martí lhe solicitou uma cópia dos desenhos. Ele não disse textualmente que os donos da galeria de arte eram suspeitos no caso, mas insinuou isso ao pedir à garota que evitasse ir lá, já que os seguranças pareciam conhecê-la. Despediu-se logo que ela trouxe, do quarto, as duas cópias que fizera dos estudos a lápis em que os detalhes eram mais evidentes. E partiu, deixando as duas com o *señor* Cesar.

– *Muy bien* – disse o amigo do pai de Nadja –, *el caso está en buenas manos.*

O arquiteto deixou seu número de telefone com ambas e pediu que lhe avisassem se a polícia convocasse Ângela para depor: ele a acompanharia. Mas acrescentou que essa era uma possibilidade remota: pelo que ele ouvira em conversas com policiais amigos, um dos donos da tal galeria já estava sob investigação em alguns casos de fraude de seguros, e a dica de Ângela poderia ser a gota d'água para o cerco ser fechado ao seu redor.

Capítulo IX

Naquela noite, a brasileira custou a pegar no sono. Mal podia acreditar que seus singelos esboços ajudariam a polícia barcelonesa a investigar aquele enigma...

Outubro chegou tão depressa que ela começou a desconfiar de que as tão faladas mudanças no eixo da Terra fossem mesmo responsáveis pelo planeta girar mais depressa. Nos dias que se seguiram, mal teve tempo de conversar com Nadja sobre o caso do roubo; a amiga se atarefou com os deveres da faculdade, e ela mesma tinha tanta coisa a resolver nos cursos que não podia mais perder tempo preocupando-se com aquilo.

Bruno lhe escreveu na semana seguinte à visita do *Inspector Jefe*; num e-mail bem longo, contou que, ao voltar das férias, encontrara o tio com a atitude mudada.

> *A papelaria estava um caos quando cheguei. Tinha deixado tudo explicado e organizado na contabilidade, mas o pessoal da loja se atrapalhou com as entregas de mercadorias, e no estoque não seguiram minhas planilhas de reposição. Nem te conto a confusão que encontrei. Levei duas semanas pra colocar os papéis e a loja em ordem... Aí, um dia, meu tio vem e pergunta sobre aquelas ideias de vendas on-line que eu tinha desenvolvido... Juro, Ângela, fiquei paralisado, olhando para ele com cara de besta. Nem podia acreditar! Mas era sério, e então começamos a trabalhar no plano.*

Ela ficou feliz por Bruno; ele parecia entusiasmado com as novas perspectivas e o respeito que o tio agora demonstrava por sua capacidade

156

de administração. Por outro lado, para colocar o tal plano em ação ele teria de dobrar a carga de trabalho. Terminava dizendo:

> *Escreve-me, por favor, só pra garantir que não estás zangada comigo. Fiquei tanto tempo sem mandar mensagens! Estou morrendo de saudades de ti, só que vou entrar agora num frenesi de viagens pra visitar fornecedores e ainda preciso fazer um curso de* web design *pra poder lidar melhor com o site que vamos colocar no ar.*

Ela respondera dizendo que não estava zangada, que também tinha saudades e que estava ansiosa para uma longa conversa com ele. Nem contou sobre o inspetor. Quando Bruno estivesse mais tranquilo, conversariam.

Enquanto isso, tinha uma nova preocupação, e essa bem mais angustiante que as anteriores: deveria fazer uma apresentação de seu trabalho em público. O ensaio sobre o Surrealismo entusiasmara a professora Millagros. Dera-lhe a nota máxima e lhe dissera:

– *Su análisis de los símbolos recurrentes de Dalí está muy bien. Usted podría presentar una conferencia en el seminario que se viene en noviembre, para estudiantes de posgrado.*

Não pudera recusar: uma palestra dessas ficaria ótima em seu breve currículo. Porém, ao imaginar-se no grande auditório da escola, falando diante de dezenas – talvez centenas! – de estudantes, sentia-se aterrorizada.

Mais apavorada ainda ficou quando lembrou que teria de falar **em espanhol**! E, para piorar seu estado de ânimo, a mulher perguntou-lhe:

– *Usted no habla catalán, ¿no? La mayoría de los estudiantes son de Cataluña.*

Acabaram combinando que a palestra seria mesmo em castelhano, mas ela foi insistentemente estimulada a fazer um curso de catalão assim que pudesse.

"Impossível", a garota repetia para si mesma. "Falta pouco tempo para voltar ao Brasil e ainda tenho trabalhos a terminar e testes a fazer. Como estudar outra língua?"

Capítulo IX

A proximidade do final do ano a estava assombrando. De tempos em tempos, pegava numa pasta a passagem de volta, marcada há quase um ano, e ficava olhando-a... Seus cursos se encerrariam na última semana de novembro, e depois disso ela teria apenas dez dias na Espanha antes de embarcar para o Brasil.

O lado ruim: seriam dez dias de frio. O lado bom: tinha esperanças de que nevasse. Sem contar as capas geladas no alto do Tibidabo, vistas de longe, Barcelona se recusara a lhe mostrar a neve, objeto do desejo de todo brasileiro que vai ao exterior! De qualquer forma, planejava ver o que ainda não vira.

Foi na virada de outubro para novembro, época em que todos tiravam os agasalhos do armário, que a notícia despencou.

As noites esfriavam e havia cada vez mais dias de chuva na cidade, embora não se pudesse comparar aquilo às temperaturas geladas em Madri ou nas terras do norte da Espanha. E, mesmo que o ar estivesse frio, o sol sempre dava o ar de sua graça, esquentando o coração dos barceloneses – e o de Ângela.

Na quinzena anterior ela estudara muito, escrevera sem parar, terminara os desenhos começados. Pouco passeara, pois além dos fins de semana estarem chuvosos tinha trabalhos pendentes a entregar; com muito custo ainda conseguia ir passar alguns minutos em Santa Maria del Mar.

Fizera apenas dois passeios com Nadja naquele mês: o primeiro à Fundació Antoni Tàpies, que ficava no Carrer d'Aragó, perto do Passeig de Gràcia. Estudara algo da arte de Tàpies no curso, mas pouco se aprofundara; aproveitou para analisar algumas das composições do artista, em especial as obras que mais se aproximavam do Surrealismo.

O segundo e último passeio que fez, antes de ficar enrolada com a reescrita de seu ensaio para transformá-lo em palestra, foi no Macba, Museu d'Art Contemporani de Barcelona. Já conhecia algumas das obras pertencentes ao acervo do museu que haviam sido apresentadas pela professora Millagros em um audiovisual sobre as novas tendências da arte espanhola. Mas fazia tempo que queria ver as exposições ao vivo.

Nadja estudava ali perto, na Ciutat Vella, e a convidou certa sexta-feira para almoçar no restaurante do CCCB, o Centre de Cultura Contemporània, no Carrer de Montalegre, quase ao lado do grande prédio do Macba. Depois do almoço – uma simples *hamburguesa*, o hambúrguer espanhol, que por sinal era bem mais gostoso que o brasileiro –, elas andaram meio quarteirão para a Plaça dels Àngels e passaram boa parte da tarde imersas em enormes quadros de artistas contemporâneos.

A tarde rendeu vários desenhos a Ângela, e muitas conversas a ambas. Ao final do passeio, a amiga resmungou:

– *¿Qué voy a hacer cuando te vayas?*

– *Lo mismo que hacías cuanto yo no vivía aquí...* – respondeu ela.

Sabia que também sentiria muito a falta de Nadja. Depois da entrevista com o inspetor da polícia, haviam se tornado mais ligadas e não havia nada que não comentassem entre si. Bem, quase nada... Ângela nunca contara à amiga sobre Bruno. Às vezes até acreditava que sua troca de e-mails com ele era algo pertencente apenas ao mundo virtual. Talvez ele não falasse nela com mais ninguém no Brasil, talvez a considerasse apenas uma amiga *on-line*. Durante aquele tempo todo, devia ter saído com outras garotas! Ficara um mês na casa do primo em São Paulo... E era bonitão demais para ficar sozinho.

Naquela sexta-feira à noite, no quarto, olhou-se pela milionésima vez no espelho oval da parede. Lembrou sua primeira *mirada* naquele mesmo vidro embaçado. Não se reconhecera, na época, e não se reconhecia agora. Era como se, a cada vez que se olhasse no espelho, ele roubasse a imagem anterior e lhe entregasse de volta uma Ângela diferente.

Antes, a tímida garota gaúcha; a brasileira assustada nos aeroportos; a turista que percorrera Madri sozinha; a estudante descabelada que aprendera a andar pela Barcelona medieval; a solitária testemunha de um pôr do

Capítulo IX

sol em Toledo; a moça-clone de Marie-Thérèse, apaixonada por Picasso; a turista meio gordinha que ninguém olhava na praia. Agora, a investigadora que descobrira a falsificação do desenho de Picasso...

Todas aquelas Ângelas tinham desaparecido, levadas embora por algum gênio mágico do espelho – ou teria ela simplesmente amadurecido e as superado?

Tentou olhar para si mesma como se fosse outra pessoa. Quem era a garota que a olhava de volta, naquela noite gelada de novembro?

Emagrecera bastante – talvez resultado da cozinha mediterrânea, bem mais leve que a alimentação no sul do Brasil, ou das longas caminhadas que precisava fazer naquela cidade tão cheia de altos e baixos. Os cabelos estavam curtos; Nadja a levara a um salão de beleza que conhecia, onde uma *peluquera* – cabeleireira – cortara seus longos cachos negros e a deixara muito confortável. A amiga comentara que o corte realçava seus olhos escuros e a deixava realmente atraente.

Na hora ela não acreditou nisso; contudo, no dia seguinte, ao entrar na escola com os cabelos cortados, vários rapazes da classe que nunca lhe haviam dito nem *buenos días* fizeram questão de cumprimentá-la. Quanto a Augusto, interrompera na hora uma conversa ao celular e ficara a fitá-la, de boca aberta, como se a estivesse vendo pela primeira vez.

Sorriu para o espelho ao lembrar-se disso. E a imagem do outro lado lhe devolveu um sorriso confiante. Essa Ângela não era mais a menina medrosa que atravessara o oceano; talvez sua versão tivesse sido atualizada, como um programa de computador...

Ângela dois ponto zero!

Não ia mais perguntar-se o eterno **"quem sou eu?"**. Podia não saber o que faria daquele momento em diante, mas sabia que era dona do próprio destino e faria sem medo as escolhas que tivesse de fazer.

Naquele momento soou uma batida na porta e a voz de Nadja soou, aflita:

– *¡Ângela! ¿Está durmiendo? Tienes que ver esto...*

Levada às pressas para a sala, ela parou diante da televisão a tempo de ouvir boa parte da notícia que uma apresentadora na telinha expressava:

– *...El dibujo ha sido recuperado y nadie sabe cuándo ni dónde será expuesto. El Inspector Jefe se negó a comentar sobre el arresto, pero dijo que habrá um comunicado de prensa mañana. Una fuente dice que la clave decisiva para detener a los culpables provenía de estudios realizados en lápiz por un estudiante de arte...*

Nadja riu alto e bateu palmas, animada.

– *¡El galerista fue detenido! Y la estudiante de arte... ¡Aquí está!*

Pilar, que assistia ao noticiário, fungou, em sua poltrona. Olhou para as duas como quem pede explicações. E elas tiveram de contar a história toda – na verdade, Nadja foi quem mais falou. Ângela ainda se sentia mais ou menos em estado de choque pelo acontecido. Estivera certa o tempo todo! Era incrível que alguns traços a lápis tivessem solucionado um enigma daqueles.

A coletiva de imprensa no dia seguinte se deu na Comisaría General de la Policía e foi televisionada para todo o país. Jornalistas estrangeiros também estavam lá. E logo o mundo inteiro sabia que um dos donos de uma galeria da Ribera tentara fraudar a companhia de seguros e vender o desenho de Picasso por centenas de milhares de euros.

Confrontado com desenhos feitos no Museu Picasso e na própria galeria, que mostravam existirem **dois** estudos a lápis, o homem entrara em contradição e fora detido para averiguações. Bastara uma busca da Polícia Científica em sua casa para que descobrissem fotografias da Mostra no Museu Picasso e outras da galeria – a análise das fotos evidenciava justamente os detalhes diferentes dos desenhos que Ângela fizera!

Estava provado que havia duas obras quase idênticas – ele queimara a falsificação. Quanto ao desenho verdadeiro, fora parar em mãos de um contrabandista já na mira da polícia barcelonesa, sob suspeita de tirar obras

Capítulo IX

de arte roubadas da Catalunha. Assim que foi recuperado, o receptador confessou tudo e incriminou o mandante do roubo.

Ângela ficou feliz ao ver na televisão o *Inspector* Martí declarar que não tinha liberdade de revelar quem era "o estudante" que ajudara a polícia, apesar das perguntas dos repórteres. Poucas pessoas sabiam do caso, e ela esperava que continuasse assim.

No dia seguinte, ao entrar na sala de aula viu que Augusto a esperava bem ao lado de seu costumeiro assento. Nem mesmo a cumprimentou e foi dizendo:

— Foste tu, eu sei – falava baixinho e cravava nela os olhos azuis. – Teus desenhos deram a pista à polícia!

Sem jeito, ela não conseguiu negar. Por sorte, Julio entrou naquela hora e se pôs a explicar detalhes de um teste que os alunos fariam; isso a livrou de dar explicações naquela hora. Mais tarde, porém, na biblioteca, quando estava enviando mensagens para a mãe e a professora Ada, ele apareceu e não lhe deu trégua.

— Tens de me contar tudo!

— Não tenho nada para te contar – ela desconversou.

Sentiu, então, as mãos de Augusto afastando as suas do teclado do *notebook*.

— Não aceito recusas – ele disse, brincando com seus dedos. – Vais jantar comigo hoje e então conversamos. Passo na tua casa às sete.

E saiu de lá antes que ela tivesse tempo de dizer não.

A aula de história da arte naquela tarde foi uma tortura para a garota. Embora o tema fosse interessante, como sempre, ela se sentia tendo um *déjà vu* – a sensação de que já vivera aquilo antes – pois a única coisa em que conseguia pensar era *"vou sair com o Augusto, vou sair com o Augusto, vou sair com o Augusto, vou sair com o Augusto..."*.

162

Em seu quarto, no final da tarde, a ansiedade crescia. Não sabia o que vestir. Não sabia o que fazer com os cabelos. Não sabia se devia usar maquiagem. E se sentia culpada. Estava traindo Bruno? Mas ele não lhe escrevia desde o longo e-mail, quando voltara de viagem! Não respondera nenhuma das mensagens que ela enviara depois daquilo.

Acabou optando por uma calça preta simples que comprara numa liquidação, depois que emagrecera e várias das roupas que trouxera ficaram largas. Uma blusa de lã tricotada pela mãe sobre a camiseta, e pronto. Quando ele chegasse, era só pôr casaco, cachecol e luvas. Nada de maquiagem! Se usasse sombra e batom, pareceria querer conquistá-lo... e não queria. Claro que não queria! Era apenas um jantar.

Isso decidido, ela foi à cozinha encher sua garrafinha de água; o nervosismo lhe dera sede. Deu com Nadja preparando um chá; a amiga logo viu que havia algo incomum acontecendo e perguntou:

– ¿Qué pasa?

A Ângela antiga teria engolido a ansiedade e dito "nada", mas sua nova versão dois ponto zero simplesmente falou a verdade. Em português.

– Augusto me convidou para jantar.

O que quer que esperasse que a outra dissesse, não era aquilo.

– ¡Por fin! Me di cuenta de que estaba interesado en ti desde aquel día en Barceloneta.

O queixo de Ângela caiu. Como assim?! Ele não tirara os olhos do corpo de Nadja dentro do biquíni vermelho! A amiga apenas riu. Teriam conversado mais se não fosse o relógio de Pilar marcar sete horas e alguém bater à porta.

Augusto chegara.

– Vete, no dejes el pobre esperando por ti... – disse a jovem, ainda rindo.

Capítulo IX

Ele a levou a um restaurante muito agradável no Carrer del Rosselló. Estava quase vazio, pois era bem cedo; pediram massas com molho de ervas, ele escolheu um vinho de que gostava, e Ângela tomou parcimoniosamente. O costume europeu de tomar vinho às refeições ainda não vencera totalmente os escrúpulos da filha de dona Stela; a mãe não permitia bebidas alcoólicas em casa no dia a dia.

Foi um jantar inesperadamente romântico. O restaurante era elegante e quieto; Augusto era só charme. Nem a pressionou para falar sobre o caso do Picasso. Talvez por isso mesmo ela acabou lhe contando tudo. E o único comentário que ele fez foi:

– Eu sabia que havia em ti uma sagacidade escondida!

Depois do jantar caminharam até a Rambla Catalunya e andaram pelo calçadão central. Estava frio e vários casais de namorados faziam o mesmo passeio, mas ele não tentou forçar uma aproximação, embora tomasse a mão dela, agora devidamente enluvada. Falaram sobre coisas inócuas: ele descreveu os restaurantes que apreciava em Lisboa, ela comentou sobre os pratos típicos da culinária gaúcha.

E, quando ele a acompanhou de volta à casa de Pilar, usou toda a força do famoso sorriso que derretia gelo para pedir:

– Posso beijar-te?

Claro que ela deixou. Nem mesmo pensou em Bruno, de tão envolvida pelo encanto singular do jovem lisboeta. Mais tarde, em seu quarto, quando a Ângela por trás do espelho oval a fitou acusadoramente, sua compostura desmontou e ela desandou a chorar.

Por que chorava? Não sabia.

Podia ser porque sentia que estava perdendo Bruno. Ou porque em poucas semanas iria embora para casa e nunca mais veria os belos olhos de Augusto. Talvez fosse apenas a tensão nervosa do último mês desaguando afinal, depois de ser tão reprimida.

Mas o choro lhe fez bem e ela dormiu pesadamente naquela noite.

De alguma forma, a notícia vazou. Embora pouquíssimas pessoas soubessem a verdade sobre a investigação, e o inspetor Martí, numa outra visita que lhe fizera junto do *señor* Cesar, tivesse assegurado que mantivera seu nome longe da imprensa, menos de uma semana após a prisão do culpado Ângela começou a ser assediada por repórteres.

Os primeiros apareceram na escola de arte à procura da *estudiante brasileña* que colaborara com *la policía* no caso do Picasso roubado; ali a segurança não lhes permitiu a entrada, e a diretoria negou qualquer conhecimento do caso. Não demorou, porém, para começarem a rondar a casa do Eixample. Uma moça ruiva liderava o grupo de repórteres e sempre aparecia nas redondezas antes de todos os outros.

Para a garota, o assédio foi horrível. Sempre que desconfiava haver jornalistas por perto, ela precisava sair por portas traseiras, com medo de que a emboscassem. Tinha saudades do tempo em que era invisível e ninguém a notava...

Foi salva pela mal-humorada dona da casa. No dia em que a tal moça mais ousada e outros *paparazzi* bateram à porta de Pilar, a fúria da catalã foi despertada. Com as mãos postadas na cintura, a mulher amarrou sua cara mais feia e vociferou:

— *Aquí no hi ha cap estudiant brasilera! Vés abans que truqui a la policia!*

Os repórteres fugiram dela como fugiriam de uma das harpias, saída diretamente do Hades para devorar suas almas. E somente então Ângela teve uma trégua.

Confía en el tiempo,
que suele dar dulces salidas a muchas amargas dificultades.

Miguel de Cervantes Saavedra, *Don Quijote de la Mancha*

CAPÍTULO X

Garota na vitrine

A apresentação do trabalho sobre o Surrealismo aconteceu na última semana de aulas. Ângela nem teve tempo de se sentir ansiosa com a chegada desse dia: havia tantas encrencas demandando sua atenção que a ansiedade era a última da fila.

Realizara os testes finais para receber o certificado do aprendizado de castelhano; finalizara todos os relatórios sobre os cursos que devia entregar na escola, com cópia para sua faculdade do Brasil e para o consulado; pagara todas as contas após retirar o último pagamento da bolsa de estudos no caixa eletrônico; começara a arrumação das malas, pois logo viajaria e, em quase dez meses de Espanha, havia acumulado dezenas de lembrancinhas, papéis, folhetos de museus, coisas que não acabavam mais.

Havia a tristeza de Nadja, que já sentia a sua falta. Havia o silêncio de Bruno, que não respondia **mesmo** aos seus e-mails. Havia alguns jornalistas insistentes que ainda se aproximavam tentando entrevistá-la, e que precisava despistar. E havia Augusto, que após aquele jantar – e aquele beijo – resolvera agir como se fosse seu porta-voz na escola, o que estava começando a irritá-la.

Capítulo X

No dia da apresentação, uma sexta-feira pela manhã, chegou em cima da hora ao auditório que Millagros reservara, e percebeu que a professora estava tão nervosa quanto ela. Depois disso, tudo se passou tão rapidamente que parecia um sonho... Desses sonhos em que a gente some de um lugar e vai parar em outro, sem saber como nem por quê.

Quando percebeu, ela estava no palco de um auditório frente à plateia lotada de rostos, poucos conhecidos, muitos desconhecidos. Sentia-se como um produto exposto numa vitrine, prestes a receber críticas ou elogios do resto do mundo! Então afastou tais pensamentos antes que eles a fizessem desistir e fugir dali correndo; e ouviu a própria voz que, ampliada para além do microfone, dizia:

– *El Surrealismo es uno de los movimientos artísticos más importantes de toda la historia del arte...*

Ao término de sua fala – ainda com o som dos aplausos recebidos reverberando em seus ouvidos –, ela foi para uma salinha atrás do auditório e tomou dois copos de água para aplacar a sede que o nervosismo lhe causara.

A professora apareceu a seu lado e comunicou:

– *Me gustaría mucho recomendar su nombre para obtener una beca el año que viene. Usted puede aprender catalán, y vamos a tener un pregrado de Estética y Teoría del Arte. Habrá habitaciones disponibles en el alojamiento de los estudiantes...*

Ângela sabia que, com uma recomendação da professora, a *beca*, bolsa de estudos para o ano seguinte, para um *pregrado* – curso de graduação – provavelmente seria oficializada. Porém... Aguentaria ficar mais um ano na Espanha? Não correria o risco de perder o contato de uma vez por todas com sua terra, sua *querência*, sua família, suas raízes?...

Precisava pensar mais naquilo antes de tomar uma decisão e tinha de sair daquele lugar.

Ainda sob o efeito das duas emoções, a da palestra e a do convite de Millagros, ela vestiu o casaco, calçou as luvas, saiu pelos corredores da escola. Queria andar para pôr a cabeça em ordem.

E teve a terceira grande emoção daquela manhã. No final de um corredor quase deserto, viu Augusto. Estava abraçado a uma moça... e os dois se beijavam.

Parou, estupefata. No momento em que ambos se voltaram em sua direção, Ângela a reconheceu: era a repórter ruiva que a andava assediando na vizinhança da casa de Pilar!

"Então foi ele quem vazou a notícia", concluiu, com um sabor amargo na boca e um baque no estômago. "Foi por isso que me deu tanta atenção! Para ter em primeira mão a história da estudante brasileira que colaborou com a polícia, e contar para essa... essa..."

Pensou que Nadja errara feio desta vez, ao julgar que ele sentia atração por ela. Só acertara no que dissera um dia, há tanto tempo: *no debes confiar en él.*

Ouviu-o correr atrás de si e chamar seu nome, mas não queria ouvir explicações, nem iria perder mais tempo com aquele sujeito. Foi para o lado oposto e encontrou outra saída do prédio, entre os grupos de estudantes que deixavam a escola; era hora do almoço e as calçadas estavam lotadas de jovens. Teve a sensação de ouvir seu nome no meio da multidão; provavelmente Augusto vinha atrás dela.

Apressou o passo e enveredou por ruas que a levariam ao Passeig de Gràcia.

Como que se despedindo dos barceloneses antes que o outono virasse inverno, naquele dia o sol estava mais quente do que o comum para um final de novembro. A garota andou um pouco sem rumo, deixando o coração acalmar-se e se aproximou da Casa Milà, a Pedrera, cujas linhas suaves projetadas por Gaudí pareciam derreter ao sol.

Sorriu. Só o fato de estar ali e poder observar pela centésima vez aquela obra arquitetônica maravilhosa, já fazia valer a pena tudo por que passara – o medo da viagem, a adaptação a um país estrangeiro, as dificuldades, as ideias fixas, os medos, as decepções.

Quantos lugares visitara, quantas obras de arte apreciara, quantas pessoas incríveis conhecera! Tati, Beto, Pilar, Nadja, Luis, Julio, Milla-

CAPÍTULO X

gros, Marcos, Joana, os senhores Cesar e Martí... Tudo isso era parte da aventura.

Parou diante de uma loja e viu seu reflexo na vitrine. Espelhos, sempre espelhos... Porém a imagem de si mesma, que mudava a cada espelho, não a incomodava mais. Tinha consciência de quanto a própria Ângela, e não o seu reflexo, havia mudado naquele ano.

Naquele momento não tinha ideias fixas. Não estava confusa. Não estava com medo. Mesmo a recente decepção com Augusto não parecia atingi-la profundamente; os olhos azuis e o sorriso sedutor sumiam lá atrás, nas ruas do Eixample. Teve certeza de que o tempo apagaria aquilo de sua alma, assim como ia apagando aos poucos todas as dificuldades que um dia lhe haviam parecido tão imensas.

Não sabia se iria embora definitivamente de Barcelona dali a dez dias, ou se aceitaria ou não a proposta da professora de voltar para novos estudos. Sabia, contudo, que tomaria a decisão certa na hora certa.

Pois havia uma hora certa para cada coisa.

Foi então que, no reflexo da vitrine, um vulto masculino parou alguns passos atrás de si. E uma voz quase esquecida murmurou:

– Ângela?

Voltou-se vagarosamente e viu-se parada diante de Bruno.

Ele vestia um sobretudo grosso, cachecol e luvas negras. E, como se fosse mágica, de algum lugar ali por perto começaram a vir os acordes de uma música clássica.

Inacreditável. Era Pachelbel... Alguém estava tocando o "Cânon em ré maior"!

De novo teve a sensação de que estava no meio de um sonho.

Então ele se aproximou e provou que era real.

– Sou eu mesmo, te segui desde o auditório. Chamei teu nome, mas acho que não me escutaste. Ou tinhas tantos fãs te chamando que me ignoraste totalmente!

Ela custou a balbuciar alguma coisa.

– Tu... como... desde quando... estavas lá, na plateia?

– Cheguei hoje cedo, deixei a mala no hotel e fui direto para a escola. Dona Stela me deu o endereço e o horário da tua palestra. Assisti inteirinha!

Ela fechou as sobrancelhas e encheu o peito, enfurecida.

– Minha mãe sabia que tu vinhas pra cá e **não me disse**?!

– Não fica zangada com ela, eu implorei para não dizer nada e me deixar fazer essa surpresa. Por que achas que não te escrevi nas últimas semanas? Já tinha conseguido juntar o dinheiro para a passagem e convencer meu tio a me deixar viajar. Estava com o voo e o hotel reservados... Se escrevesse uma única linha ia acabar confessando.

Ela deu um passo para trás e perguntou, séria:

– Confessando o quê, Bruno?

O rapaz baixou o olhar, muito sem jeito.

– Que eu não aguentava mais ficar sem te ver.

Lágrimas brotaram no canto dos olhos de Ângela. Sentia-se envergonhada. Ele preparava uma surpresa daquelas, deixara o trabalho e a faculdade para vê-la, e ela o recebia com um interrogatório?

Bruno merecia mais.

E ela merecia estar com ele. Respirou fundo e propôs:

– Tem um lugar na cidade que tu precisas conhecer. É um pouco longe, irias até lá?

Uma gargalhada bem brasileira soou no Passeig de Gràcia.

– Ângela, eu atravessei o Atlântico só para te ver. A essa altura vou contigo para qualquer lugar do mundo!

A garota refletida na vitrine, desta vez, deu um passo à frente e com a mão enluvada tocou o rosto dele. Aproximou o seu.

Bruno a beijou delicadamente, também ele sentindo lágrimas quentes a denunciar sua emoção. Um grupo de turistas que ia passando no canteiro central da avenida aplaudiu, alguns jovens assobiaram. Os acordes de Pachelbel haviam cessado; mas o beijo não foi interrompido.

Capítulo X

Depois eles desceram o Passeig, abraçados, falando milhares de coisas ao mesmo tempo. Tinham quase um ano de atraso para tirar naquela conversa.

Deixaram o centro e foram a pé pelas ruas da Ciutat Vella, com Ângela guiando o recém-chegado turista até Santa Maria del Mar.

Quem sou eu?

Rosana Rios

Sou paulistana e adoro viajar. Tenho usado meus diários de viagem para compor contos e novelas que se passam em outros lugares, estados, países. Sempre fui apaixonada por ouvir e ler histórias e comecei a juntar livros aos 8 anos, quando ganhei dos meus pais a coleção infantil de Monteiro Lobato. Hoje, além de ter uma biblioteca enorme e uma gibiteca respeitável, tenho uma coleção de dragões na masmorra da minha casa; alguns deles vieram de vários locais do mundo, inclusive da Espanha.

Minha carreira de autora para jovens começou em 1988, com a publicação dos primeiros livros, nascidos quando eu era roteirista do programa *Bambalalão* na TV Cultura de São Paulo. Em 25 anos de carreira publiquei por volta de 130 livros e recebi alguns prêmios e distinções literárias. Sou membro da Sociedade Brasileira de Autores Teatrais (SBAT) e integro a Associação de Escritores e Ilustradores de Literatura Infantil e Juvenil (AEILIJ). Tenho dois blogs, um site, um Grupo de Estudos de Literatura Fantástica na internet e gosto de passear pelo Twitter, pelo Skoob e pelo Facebook.

Além de viajar sempre – foi uma viagem à Espanha que me rendeu este livro –, meus *hobbies* são desenho e pintura; tenho graduação em Arte pela Faculdade de Belas Artes de São Paulo e também aprecio fazer crochê e *patchwork*.

Blogs: rosana-rios.blogspot.com e rosanariosliterature.blogspot.com
Site: www.segredodaspedras.com
Twitter: @rosanashelob

Este livro foi impresso, em terceira edição,
em março de 2018, em papel lux cream 70g/m²,
com capa em cartão 250g/m².